FOLIO POLICIER

# P. J. Wolfson

# À nos amours

*Traduit de l'américain
par Marcel Duhamel*

Gallimard

*Titre original :*

BODIES ARE DUST

© *P. J. Wolfson, 1950.*
© *Éditions Gallimard, 1951, pour la traduction française.*

Pincus Jacob Wolfson est né à New York en 1903. Il publie son premier roman, *À nos amours*, en 1931 et rencontre instantanément un succès qui lui ouvre les portes d'Hollywood où il fait carrière comme scénariste et producteur avec, à son actif, une cinquantaine de scénarios pour le cinéma et près de cent cinquante pour la télévision. Jean-Patrick Manchette a qualifié *À nos amours* de chef-d'œuvre et cet avis est partagé par un nombre important d'amateurs du genre. P. J. Wolfson est décédé en 1979.

# LIVRE PREMIER

# 1

C'était le printemps lorsque je fus nommé à mon nouveau poste, mais on se serait plutôt cru à la fin de l'hiver ; les trottoirs, crevassés par maints dégels et regels successifs, étaient recouverts de glace. Par endroits, la chaussée était luisante de verglas ; ailleurs, elle disparaissait sous une épaisse couche de boue visqueuse ; si bien que lorsqu'un camion passait au ralenti, cette boue suintait de chaque côté des pneus comme le pus d'un abcès. Parfois, au passage d'un attelage venant des docks, elle giclait sous les sabots des chevaux et éclaboussait le trottoir.

Des fenêtres du poste de police, on apercevait l'intérieur de l'école paroissiale et du couvent situés de l'autre côté de la rue. Mais seulement pendant le jour car, la nuit, il n'y avait plus d'élèves et l'intérieur des bâtiments jaunes et rectangulaires s'estompait peu à peu pour ne laisser que des ombres sur les stores baissés.

Des deux côtés s'élevaient des maisons meublées en brique rouge ornées de corniches, de pierres saillantes et d'escaliers rouillés. Je regardais souvent les fenêtres de l'étage supérieur de la maison rouge voisine car je connaissais une putain qui avait demeuré là. Elle avait fini par déménager. « À cause du voisinage », avait-elle prétendu ; ça faisait du tort à son commerce.

Lorsque le temps était couvert ou pluvieux et que les enfants sortaient de l'école, vêtus de longs imperméables qui leur arrivaient aux chevilles, j'avais l'impression, d'où je me tenais, regardant à travers la vitre striée de filets clairs par la pluie coulant sur la poussière, d'être perché à une très haute altitude et d'observer des grandes personnes. Les nonnes avaient l'air de géants noirs parmi un troupeau de nains.

Des fenêtres latérales, la vue s'étendait par-dessus les toits jusqu'aux falaises grises et rouges bordant la rive opposée du fleuve, car le terrain dévalait en pente douce vers la berge. On ne voyait pas le fleuve, mais on savait qu'il était là, à cause des sirènes des bateaux et des nuages de fumée noire montant des cheminées. Quelquefois, sous le soleil, lorsque les bateaux remontaient assez loin, on apercevait les bandes jaunes ou rouges peintes en haut des cheminées. C'était très joli, sur le fond gris rouille de terre et de roches, des falaises de la rive d'en face.

Lorsque le soleil brillait, les corniches se peuplaient de pigeons qui se nourrissaient des grains d'avoine trouvés dans le crottin sur la chaussée. Ils faisaient leurs nids dans les encoignures des maisons rouges et dédaignaient le couvent jaune et l'école paroissiale, trop plats.

En haut des falaises, on voyait un bois vert qui s'étalait jusqu'à la berge, et je savais qu'il s'enfonçait très loin dans la campagne où il se transformait en broussailles puis en champs vallonnés, car je passais par là quand je quittais la ville pour aller en vacances. Quand je regardais de ce côté, je me souvenais du temps où nous étions gosses. Nous prenions d'abord le métro aérien, chaud et bondé, puis un train plus frais, aux banquettes recouvertes de peluche verte — j'avais dû rouler mes parents pour me payer le billet et mon plaisir était doublé à la pensée que ce serait autant de moins pour les curés — pour arriver dans une île verte du Sound [1], pas loin de la ville (comme tous les faubouriens, nous avions la folie de tout ce qui est vert et qui pousse), où nous cherchions des moules, prenions des bains et nous étendions à demi nus dans l'herbe et les feuilles. Ensuite, nous faisions du feu pour nous sécher et pour faire frire le poisson que nous avions attrapé.

Je me souviens qu'une fois, étant allé avec Teeny et Danny chercher du bois pour le feu, nous avions trouvé deux femmes couchées côte à côte dans l'herbe. L'une d'elles demanda à Teeny s'il voulait jouer dans son jardin ; il lui dit qu'il voulait bien à condition que son jardin fût assez grand pour nous trois.

---

1. *Sound* : Détroit séparant Long Island de la côte.

Alors, à la place des bancs de moules, je ne vis plus que de la gadoue ; l'eau devint boueuse et huileuse à la surface et je sentis autour de moi la même ambiance que le jour où je m'étais faufilé dans un couloir obscur, derrière une poule en kimono qui emmenait un client. Devant moi, je ne vis plus que les deux femmes couchées dans l'herbe et leurs jupes ouvertes sur le côté.

Nous montâmes tous dans les barques pour aller rejoindre les autres ; j'étais avec Teeny et une des femmes ; nous étions en caleçon de bain et, quand Teeny se mit debout dans la barque, la femme se souleva légèrement et lui toucha le haut de la cuisse pour enlever une algue qui s'y était collée ; Teeny s'écarta brusquement et piqua une tête dans l'eau. Alors elle me regarda en riant et je me mis à rire aussi.

Après cela, quand vint mon tour, je ne vis plus ni arbres ni vertes prairies, mais une femme aux larges hanches et aux seins ronds et lourds se frayant un chemin parmi les algues qui adhéraient à sa peau. Par la suite, nous ne les revîmes plus, aussi cessai-je de venir et restai-je en ville ; là, j'appris à aller au bordel et à rire au lieu de grincer des dents comme cela m'arrivait chaque fois que j'entendais mon père et ma mère, car je couchais dans leur chambre.

2

Aux élections suivantes, nous l'emportâmes, comme d'habitude. Et je fus nommé inspecteur-chef ; mais j'étais déçu car j'avais espéré mieux. Toutefois, je n'en parlai pas et me gardai bien de leur montrer mon désappointement : Forrester était mort et les autres avaient la mémoire courte ; je m'installai donc dans le nouveau poste où j'avais tout l'étage supérieur à ma disposition et un personnage haut de six pieds, qui me servait de secrétaire civil et qui buvait mon whisky dès que j'avais le dos tourné.

Je connaissais déjà ce poste : j'y avais servi autrefois, comme lieutenant. Rien n'était changé, sinon que j'étais monté en grade ; toujours le même type de sergent de service, au bureau d'entrée ; la plupart des inspecteurs en civil et des agents étaient les mêmes, un peu vieillis, mais les mêmes. Ils voulurent tous me faire croire qu'ils étaient contents de me voir, mais je savais qu'il n'en était rien. J'étais « en haut », tandis qu'eux n'avaient pas bougé. Je visais toujours plus haut et, pour réussir, j'écrasais tout ce qui se trouvait sur mon chemin.

Peu après, je sortis avec le Yid afin d'inspecter une partie de mon fief. Je me le rappelais parfaitement. L'aspect en était peu modifié. Les maisons semblaient un peu moins louches et les femmes exerçaient leur métier d'une façon plus discrète. Nous en vîmes une lever un vieux et ce fut si habilement fait que nous nous demandions nous-mêmes s'il ne s'agissait pas réellement d'une rencontre entre deux vieux amis.

C'était très agréable, ce poste. J'étais très content, bien qu'on ne m'eût pas nommé commissaire, d'avoir ce territoire sous mon contrôle. C'était un quartier très riche, car les *speakeasies* y abondaient, de même que les hôtels où logeaient des demi-mondaines aisées ; le quartier des théâtres, où les joueurs professionnels, trafiquants de drogue et *gun-men* exerçaient leurs professions, était compris dans ses limites. Il me faudrait être prudent, mais je serais riche et, surtout, je me promettais du plaisir car j'aurais le choix entre les plus belles femmes.

Les rues n'étaient plus défoncées comme lorsqu'on construisait le métro, ni pavées de galets devant les lotissements ; elles avaient été bitumées, élargies, et les autos y circulaient en masse. On avait installé des signaux lumineux dont les yeux rouges ou verts clignotaient leurs ordres ; les voitures avaient l'air de mécaniques à ressort, sauf dans le quartier des théâtres où la lumière des enseignes électriques était si intense qu'on distinguait nettement les chauffeurs à leur volant.

Tout en marchant, je notais certaines adresses (les *speakeasies* sont tellement faciles à repérer) à seule fin de contrôler la liste affichée au tableau de service, dans le bureau des inspecteurs. C'était une liste confidentielle tenue spécialement pour eux ; toutes les adresses du quartier y figuraient avec, en regard, le nom du propriétaire et l'infraction présumée. Je savais que ceux qui payaient bien n'y étaient pas mentionnés et cela, non pas parce qu'un détective a confiance dans celui qui le paye, mais parce que les copains pourraient éventer la combine et réclamer leur part du gâteau.

Dans mon for intérieur, je me promis de les dresser : il me fallait ma part, à moi aussi.

De retour à mon bureau avec le Yid, je tirai une bouteille d'un tiroir et je vis tout de suite que mon secrétaire civil était passé par là : le niveau du liquide, qui dépassait auparavant le haut de l'étiquette, n'en atteignait plus que le bord inférieur.

Je l'appelai et lui mis la bouteille sous le nez. Il me regarda sans comprendre, fixa une seconde l'objet, puis m'interrogea des yeux. C'était une bouteille à long col, quadrangulaire et plate, qui faisait bel effet avec son étiquette noire et or. Je pris dans le tiroir un verre à whisky et y versai la belle liqueur brune à l'arôme merveilleux... Je lui fis signe de boire ; il me regarda, puis ses yeux se posèrent sur le verre coloré de mornes reflets.

— Buvez ça, dis-je.

Il leva le verre et se prépara à l'avaler d'un trait.

— Doucement, espèce de gourde, fis-je ; et il but à petites gorgées.

— Ça vous plaît ?

— Oui, monsieur.

— C'est bon, hein ?

— Oui, monsieur.

— Eh bien, c'est le dernier. À partir d'aujourd'hui, tâchez que je ne vous voie plus dans mon bureau. Et maintenant, foutez-moi le camp d'ici, nom de Dieu !

Il rougit et s'en alla et, un instant après, j'entendis le cliquetis de sa machine à écrire, puis le silence se fit. J'entr'ouvris la porte et le vis accoudé, le menton dans la main, le regard absent. Quand il s'aperçut que je l'épiais, il devint écarlate et se remit à taper.

Je bus un grand verre de crème de cacao, le tenant d'abord à la lumière pour admirer la belle couleur brune de la liqueur, puis la dégustant à petits coups avec une pause entre chaque gorgée pour ne rien perdre de sa saveur. Le Yid, sans attendre d'y être invité, s'en versa un plein verre et l'avala.

— Comment pouvez-vous boire une cochonnerie pareille ? s'exclama-t-il.

— J'aime tout ce qui est sucré.

— C'est bon pour les femmes.

Moi, je bois pour le goût, et pas seulement pour boire. C'est pourquoi je ne peux pas supporter le gin. C'est une liqueur qui est faite pour les Anglais, les Suédois et tous les autres types des pays froids.

Quand il s'agit d'alcool, mon côté italien reprend le dessus ; et aussi quand je suis saoul, je suis Italien, car je deviens triste et amer et je m'apitoie sur moi-même.

L'alcool m'ayant échauffé, je me souvins de ce que je croyais être une injustice à mon égard.

— Bande de salauds, dis-je.

Le Yid se garda de faire aucune réflexion. Il savait de quoi il était question, car il était mon confident. Comme il me servait de garde du corps, il était à peu près au courant de tout. Je n'avais pas besoin de garde du corps, mais il me plaisait et j'aimais l'avoir près de moi.

— Et dire qu'avec lui et Stein, cette espèce de sale Polak, on a fait tous les bordels de la ville ensemble. Et plus d'une fois, on avait la même femme, et voilà comment il me traite !...

— Si vous étiez si bien avec lui, pourquoi ne vous êtes-vous pas arrangé pour le tenir d'une façon ou d'une autre ?

— Qui aurait pensé que cette gueule de c... deviendrait maire, et que Forrester mourrait juste avant les élections ?

— Il était vieux et vous le saviez.

— D'accord, je le savais, mais ce n'était pas un coup à faire de dévisser son billard au moment où tout marchait si bien pour moi.

— Je ne sais pas ce que vous avez à râler ! fit le Yid.

Il pouvait se permettre de me parler de cette façon parce que je l'aimais bien et que je le cajolais, parce qu'il me suivait partout et me voyait dans des occasions où je perdais toute dignité officielle.

— J'ai bien le droit de râler, puisque cette bande de singes endimanchés m'avait promis la place de *commissaire*.

— Ils vous ont bombardé inspecteur-chef.

— D'où tu es, ça fait bien, évidemment. Mais moi, je veux être en haut.

L'alcool m'avait surexcité. Mes deux mains claquèrent violemment sur le bord du bureau :

— En haut ! Tout en haut ! Et pas ailleurs ! Et rien ne m'arrêtera, nom de Dieu !

— Sans blague ? fit le Yid.

— Sans blague, dis-je, et je me remis à boire.

Il faisait chaud dans la pièce. Je me levai pour ouvrir la fenêtre, mais comme elle était coincée, je dus tirer de toutes mes forces ; elle céda brusquement. La violence de l'effort ramena dans ma bouche un peu de liqueur aigre, à moitié digérée ; je la crachai par la fenêtre ouverte.

Et la même douleur revint : un cercle de feu m'enserra le ventre. M'agrippant au rebord de la fenêtre, j'aspirai de larges bouffées d'air frais, mais la souffrance ne fit qu'augmenter. C'est en vacillant que je traversai la pièce pour aller au lavabo, et j'avais tellement mal au ventre que je ne sentis absolument rien quand mon mollet heurta le coin du tiroir. J'eus tout juste la force de refermer la porte et de pousser le verrou ; le sol monta brusquement à la rencontre de ma figure. Je tentai de me remettre à quatre pattes, car je craignais que le crachoir qui se trouvait juste au-dessus de ma tête ne basculât et ne se répandît sur moi. Finalement, je réussis à me soulever de telle façon que je me trouvai à genoux devant ; et là, je hoquetai et me soulageai comme une femme enceinte pendant ses premiers mois de grossesse. Après cela, je me sentis mieux et je remis à plus tard d'aller chez le médecin.

3

Une violente migraine me réveilla le lendemain matin. Il faisait noir dans la chambre, car je dors avec les rideaux fermés ; je n'oublie jamais de les tirer, même quand je suis saoul. Voulant voir ce qui se passait dehors, je me levai pour les ouvrir, et le soleil entra par la fenêtre. Le ventilateur envoyait de l'air froid dans la pièce et cependant je restai là, le front appuyé à la vitre glacée, contemplant machinalement le jardin d'en face. Les arbres étaient recouverts d'une couche de givre qui scintillait au soleil ; il avait dû pleuvoir pendant la nuit pour que les arbres fussent givrés à ce point.

Pendant que je regardais, l'agent de la circulation arrêta les automobiles, toutes brillantes avec leur nickel et leurs couleurs vives, et une nurse poussant une voiture d'enfant traversa la chaussée et se dirigea vers l'entrée du parc. Je passai dans la salle de bains où je tins ma tête sous une douche glacée et, lorsque je me fus rasé et habillé, je gagnai le vestibule.

Il y avait une enveloppe sur la petite table, et comme je me préparais à l'ouvrir, une clef grinça dans la serrure, la porte s'ouvrit et Myra entra. Elle fit : « Bonjour », et s'en alla dans la cuisine préparer mon petit déjeuner ; en la regardant, j'oubliai la lettre. Myra était ma femme de ménage. Elle préparait mon petit déjeuner, faisait la chambre et nettoyait jusqu'à midi. Il existait entre nous une espèce d'amitié, mais de quelle sorte exactement, je n'aurais su le dire ; car, pour moi, l'amitié envers les femmes ne peut avoir qu'une seule cause. Mais avec elle, c'était différent ; c'est pourquoi j'étais perplexe.

Un jour, ayant remarqué son corps bien proportionné, sa peau douce et lisse et ses seins bien fermes qui faisaient oublier son nez trop grand, je la pris dans mes bras et l'embrassai plusieurs fois sur la bouche. Elle resta droite et raide, et devint livide. C'était comme le soir où, étant saoul, j'avais essayé d'embrasser une statue dans les *Jardins Vénitiens*. J'étais furieux, mais je me contins car ça m'aurait ennuyé de perdre une bonne femme de ménage, et de toute façon, j'étais toujours de mauvaise humeur le matin. Je lui ris au nez et me moquai de sa pâleur. Elle pâlissait ainsi lorsqu'elle me trouvait le matin en compagnie d'une femme et qu'elle devait nous servir.

Par la suite, elle me confia qu'elle avait un fils, et que ce fils n'avait pas de père... un « enfant de l'amour ».

Telle qu'elle la racontait, son aventure me parut bizarre ; elle ne regrettait rien. Mais pour moi, un bâtard était un bâtard et je ne me gênai pas pour le lui dire ; j'ajoutai qu'elle était encore jeune, qu'elle avait toute la vie devant elle, et qu'il existait des institutions pour ces sortes d'enfants.

Elle sourit et me répondit que je ne comprenais pas. Peut-être bien, mais en tout cas, je savais que ça ne devait pas être agréable de frotter les parquets ni d'être obligée de servir de domestique à des grues.

Elle leva les yeux et vit que je la regardais.

— Vous avez encore été malade, fit-elle.
— Oui.
— Quand est-ce que vous irez voir un médecin ?
— Sais pas ; un de ces jours.
— ... Feriez mieux d'y aller le plus tôt possible. Je connais un homme qui a attendu trop longtemps et après, ç'a été trop tard.
— Je ne crois pas que ce soit grave.
— Si ce n'était pas grave, vous n'auriez pas des crises aussi violentes. Vous feriez mieux d'y aller.
— Qu'est-ce que ça fait ? Et d'ailleurs, pourquoi vous feriez-vous du mauvais sang ?
— Ne faites pas l'enfant. Mon petit garçon se conduit exactement comme vous, par moments.
— Vraiment ?
— Il est gentil. Vous n'aimez pas les enfants ?
— Si ; j'aime bien les gosses à Teeny.
— Au fait, ça me rappelle que M. Tinevelli vous a téléphoné hier. Je vous avais laissé un mot sur la table du vestibule.
— Ah ! c'était vous ?

24

— Oui, c'était moi. Il vous demande d'aller le voir.

— Quand ?

— N'importe quel jour de cette semaine ; vous feriez bien de manger ; vous ne devriez pas prendre de *bacon*. Tout ce qui est frit est mauvais.

— Ce n'est pas ça ; c'est ce pétrole qu'ils vous servent en guise d'alcool...

— Ça ou autre chose, promettez-moi d'aller voir un médecin.

— Promettre ? Pourquoi voulez-vous que je vous promette... ?

— Parce que vous êtes seul et qu'il faut bien que quelqu'un s'occupe de vous ; mettons que je veuille être une mère pour vous.

— Ne me faites pas rigoler ; si vous aviez connu ma mère !

— Elle était gentille ?

— Gentille ? Bon Dieu ! Si elle était gentille ? Aussi gentille que pouvait l'être une Irlandaise coriace, mariée à un tueur italien. Voyez le résultat !

— Vous n'êtes pas mauvais, au fond.

— Vous allez encore essayer de me convertir ?

Elle pâlit.

— Non, fit-elle.

— Parfait, dis-je en me levant de table ; puis je décrochai mon pardessus et je sortis.

Dehors, il faisait un froid sec. Le vent d'ouest annonçait du beau temps. J'entrai au drugstore du coin ; j'avais la bouche sèche et l'effet du café que j'avais bu au petit déjeuner commençait à se dissiper. Le patron, qui me connaissait, était derrière son comptoir.

— Bonjour, fit-il.

— ... jour. Servez-moi un bromure à l'eau de Seltz.

— Mauvais, ça, inspecteur ; un digestif vous fera plus de bien.

— Qu'est-ce que vous avez ?

— Du gin.

— Merde, non !

— Du Gibson's ?

— Ça va.

— Venez par ici.

Je le suivis dans l'arrière-boutique. Il prit une bouteille dans un tiroir et remplit deux verres. Nous bûmes ensemble.

— Un autre ? offrit-il.

— Non. À moins que vous n'ayez quelque chose de doux.

— Pas ici. À la maison ; de la bonne Bénédictine. Venez me voir un de ces soirs quand mon commis sera là.

— Entendu, je viendrai.

— Je vous présenterai à ma femme et à mon fils. C'est un grand garçon ; il est presque aussi costaud que vous.

— D'accord. Un de ces jours ; alors, au revoir.

Je voulus le payer, mais il me dit que c'était au compte de la maison.

— Au revoir, dis-je.

Je pris une rue latérale pour aller chercher ma voiture au garage, mais, en montant la rampe abrupte qui conduisait au premier étage, mes deux mains se plaquèrent sur le ciment : ça recommençait, le sol montait vers moi comme la veille. Était-ce par autosuggestion ou bien simplement l'effet du bacon, je n'en savais rien, mais la douleur revenait. Je fis demi-tour et rentrai chez le droguiste.

— Donnez-moi quelque chose contre les coliques.

— Bon ; je vais vous arranger ça.

Il prit dans un tiroir une boîte de forme carrée et vida le quart du contenu dans un verre ; par là-dessus il versa un liquide rouge qui sentait l'amande amère.

— Élixir de bromure, fit-il.

— Je me fous de ce que c'est, du moment que ça arrête mon mal au ventre.

— Ça l'arrêtera. Ça vous arrive souvent ?

— Depuis six mois...

Il remua le mélange, me le tendit et je le bus.

— À quel moment ça vous prend ?

— Aussitôt après avoir mangé et tout de suite après avoir bu de l'alcool.

— Vous faites quelque chose ?

— Oui.

— Quoi ?

— J'enfonce deux doigts dans ma gorge et je me fais vomir. Après ça, je me sens soulagé.

— C'est peut-être un ulcère.

— Peut-être.
— Vous devriez vous faire radiographier. Pourquoi ne vous faites-vous pas radiographier ?

Je ne lui répondis pas, car j'en étais incapable. Le médicament ne me faisait aucun effet et de nouveau j'étais pris de nausées.

— Vous avez des cabinets, ici ?
— Oui, par là.
— Faut que j'y aille.

Je m'y rendis et quand je sortis je me sentais mieux, à part le goût de vomi dans ma bouche. Je vis qu'il l'avait senti car il s'écarta légèrement.

— Donnez-moi quelque chose pour me rincer la bouche.

Le dentifrice qu'il me tendit était rouge et sentait la cannelle.

— Pourquoi ne vous faites-vous pas radiographier ? répéta-t-il.

— Peut-être que je devrais.
— Sûrement. Prenez cette adresse ; il est très bien. Et très raisonnable.
— Ce n'est pas une question d'argent.
— Je sais. Mais personne n'aime à se faire voler.
— Non.
— Bien sûr que non ! Et il est très calé, vous verrez. Allez-y aujourd'hui.
— Pas aujourd'hui ; je ne peux pas aujourd'hui.
— Bon, alors demain.
— Demain, peut-être.
— Je lui téléphonerai pour lui dire que vous passerez. C'est un copain et si je lui dis que vous êtes

un ami, il s'occupera mieux de vous. Il ne faut pas qu'il se figure que vous venez tout droit de la rue, comme ça.

— Non. Téléphonez-lui.

Je pris l'adresse et lui dis au revoir.

Du garage, j'appelai le Yid au téléphone et lui dis de se tenir prêt ; comme j'allais dans le centre, j'avais l'intention de le prendre en passant. Il répondit que je l'avais réveillé et qu'il serait prêt.

La matinée devenait plus tiède au fur et à mesure que le soleil montait. Je suivis la rue qui longe le parc. Le givre fondait et les gouttes qui tombaient des arbres ressemblaient à des larmes. C'était très joli ; ça me plaisait. Après une pareille souffrance, le répit semblait bon ; je me sentais même mieux qu'avant d'avoir eu mal.

Je passai devant l'entrée du parc. Il y avait là une grande statue de Christophe Colomb ; les glaçons qui l'ornaient fondaient peu à peu.

Un policeman arrêta le trafic mais, lorsqu'il aperçut l'insigne de la police sur le radiateur, il me fit signe de passer ; j'enfilai une petite rue et tournai dans une avenue plus tranquille.

Comme il n'y avait pas de place pour ranger ma voiture devant l'hôtel où logeait le Yid, je la conduisis dans une rue transversale et refis le chemin à pied. L'hôtel était de troisième ordre et ne payait pas de mine. Un long dais en toile portant le nom de l'établissement abritait l'entrée, et le reste rappelait n'importe quel garni crasseux. À côté, se trouvait un dépôt d'autobus de banlieue qu'on était en train d'agrandir en démolissant plusieurs immeubles adjacents. L'endroit était poussiéreux et sale, et puait l'essence.

J'entrai chercher le Yid ; l'employé m'annonça par téléphone. Il allait descendre dans cinq minutes... il se rasait, m'informa-t-il. Je sortis et allai acheter un quotidien au coin de la rue.

— Tu me reconnais, Monk ? demandai-je au crieur de journaux.

— Et comment, Looey, et comment !

— T'as bonne mémoire. Ça fait pourtant longtemps.

— J'oublie jamais, moi.

Il y avait longtemps que je le connaissais ; il était un peu niais — non, pas exactement niais, mais... un peu dérangé. Il était vêtu d'un vieux pardessus marron qui lui arrivait aux chevilles et dont le bas était complètement effiloché ; il le portait déjà lors de notre première rencontre. Une casquette pisseuse était enfoncée sur ses oreilles, pas assez cependant pour cacher sa tignasse grise. Ses yeux étaient extraordinairement creux, ou peut-être étaient-ce les sourcils épais et touffus qui donnaient cette impression ?

Il reniflait sans arrêt et son gros nez était tout rouge à force d'être essuyé : il tenait le chiffon dans son poing, donnait une secousse de bas en haut qui aplatissait ses larges narines, et terminait sur une série de reniflements.

— Tu gagnes de l'argent, Monk ?

— Pas mal, pas mal. Des fois oui, des fois non. Je ne suis plus tout le temps là : j'ai un stand là-bas, à côté du métro. Je fais seulement les matins ici.

— Tu es content, Monk ?

— Absolument. J'ai pas de soucis, je me couche tous les soirs. J'ai pas à m'en faire.

— Tant mieux ; donne-moi un *American*.

Il me tendit le journal. Je voulus le payer.

— J'veux pas de votre argent.

— Alors, je ne veux pas de ton journal.

— *Okay*, Looey, *Okay*, dit-il en prenant la monnaie.

J'aperçus le Yid qui sortait de l'hôtel, me cherchant du regard. Il me vit et s'amena.

— Vous en avez une tête ! fit-il.

— Je vais voir un médecin demain.

— C'est pas trop tôt.

— Non, c'est vrai, dis-je.

— Pourquoi n'allez-vous pas à l'hôpital ?

— Pourquoi faire ? Tu sais bien comment ils travaillent ?

— Pour vous, ils feraient attention.

— Qu'ils aillent se faire foutre ! J'ai les moyens de me payer un spécialiste.

— Peut-être qu'ils en savent plus ?

— Bon Dieu, dessale-toi un peu ! Tu t'en laisses encore mettre plein la vue par ces mecs-là ?

— Je pensais...

— Ils peuvent aller se faire dorer !

31

Nous montâmes dans la voiture. Je sortis de la file en marche arrière et pris la direction de l'East Side.

— Je n'ai pas encore mangé, fit le Yid.
— Tu pourras manger dans le centre.
— Où on va ?
— Chez Tinevelli.
— On ferait peut-être mieux de passer à la maison, avant ?

Je fis demi-tour au carrefour suivant et nous reprîmes le chemin du poste. Je vis le capitaine Mac Dunn ; c'était un Écossais, aussi âpre au gain que ses congénères et que nous tous. Il aimait le whisky et détestait les femmes. Quand, à la suite d'une rafle, les hommes emmenaient les filles en haut, dans la salle de garde, avant de les enfermer et qu'il l'apprenait, il ne faisait aucun reproche aux hommes ; il descendait dans le couloir des cellules et se promenait de long en large en injuriant grossièrement les prisonnières. Nous nous étions mis d'accord et il tenait un relevé confidentiel de tout ce qui était versé, et par qui. Il se servait à cet effet d'un code de son invention.

Comme on n'avait pas besoin de moi, nous repartîmes. J'allais très vite. L'East Side Avenue n'était pas très encombrée. Nous arrivâmes bientôt dans les quartiers populaires, les *slums* ; puis dans la Petite Italie... et rien n'avait changé, et je détestais toujours autant ce quartier ; je n'y allais que pour voir Teeny. Lui ne l'avait jamais quitté ; même après ses études, lorsque l'idée d'une banque italienne lui était venue et qu'il l'avait fondée et fait édifier. Il habitait dans l'« Île[1] », mais il travaillait là où il avait vécu autrefois. Il disait que tout y était si beau... Il aurait dû être poète ; moi, je ne voyais que la crasse et puis ça me rappelait trop mon enfance.

C'étaient toujours les mêmes voitures à bras, les mêmes légumes gâtés et les mêmes rues étroites. Partout la saleté, la puanteur et l'obscurité. En voyant cela, je me demandais ce qui pouvait bien pousser les gens à délaisser soleil, rires et longue vie pour venir s'établir parmi les ténèbres et la maladie, et y être heureux parce qu'ils pouvaient aller au cinéma et porter des bas de soie. (Les bas de soie trottinaient parmi les légumes pourris ; on en voyait partout.)

Nous arrivâmes au bâtiment de la banque qui ressortait comme un coin propre sur une peau malade. Là aussi, Teeny s'était montré sentimental ; il avait démoli la maison qui avait abrité ma famille, la sienne et une douzaine d'autres, et avait construit cette belle banque propre aux grandes fenêtres et aux plafonds élevés.

— Je vais chercher un endroit où bouffer, dit le Yid ; j'ai faim.

— Ne me fais pas attendre. Je ne reste pas longtemps et je n'ai pas envie de poireauter.

— Je mange vite.

Il s'en alla ; je poussai la porte tournante en me demandant, comme toujours, ce que cet endroit

1. L'île de Manhattan.

pouvait bien me rappeler. En tout cas, je savais que c'était quelque chose de désagréable.

Il n'y avait pas de clients à cette heure matinale ; les caissiers m'adressèrent un sourire et l'un d'eux fit : « Hello ! » Le policeman attaché à cet établissement lança un « Hello, capitaine ! » qui prouvait qu'il ignorait mes nouvelles fonctions. C'était bien là le hic : si j'avais été nommé commissaire, il l'aurait su.

Teeny était assis à son bureau quand j'entrai dans la pièce. Il avait l'air malade. Il avait toujours été maigre, petit et noiraud, mais maintenant il avait l'air malade.

À chaque instant sa paupière gauche était agitée de frémissements. Il se leva.

— Eh bien ! quoi, qu'est-ce que tu as ? demandai-je.

— Rien.

— T'es malade ?

— Non.

— T'as l'air malade, dis-je.

— Toi aussi.

— Moi je le suis.

— Qu'est-ce que tu as ?

Il avait vraiment l'air inquiet.

— Sais pas encore. Je vais voir un médecin demain pour me faire radiographier. Je crois que tu en as plus besoin que moi.

— Pas du tout. Qu'est-ce que c'est que tu as ?

— L'estomac, dis-je.

— Qu'est-ce qu'il a ?

— Mauvais. Je vomis, j'ai mal et ça m'oppresse le cœur.

— Pourquoi n'y es-tu pas allé plus tôt ?

— La barbe ! Pourquoi m'as-tu fait venir ? lui demandai-je.

Il se rassit, s'empara du coupe-papier et se mit à faire des trous dans le sous-main vert. Je pris place en face de lui et j'attendis.

— Buck...

— Et alors ?

— Je voudrais que tu retires ton argent.

— Pourquoi ?

— Pour l'amour de Dieu, ne me pose pas des questions stupides. Retire ton argent.

— Qu'est-ce qui se passe, Teeny ?

— Rien. Je ne veux pas de ton argent ici.

— Ce n'est pas une explication.

— Faudra pourtant que ça te suffise. Nous ne voulons plus que tu aies de compte ici.

— Pourquoi ?

— C'est de l'argent malpropre.

— Tu mens. Qu'est-ce qui se passe, Teeny ? T'as des ennuis ?

Il se leva d'un bond et donna un violent coup de poing sur le meuble ; son visage se contracta ; il bavait presque :

— Ne me parle pas de cette façon-là, espèce d'enfant de salaud ! hurla-t-il.

Je connaissais Teeny, et je voyais bien qu'il y avait quelque chose qui clochait ; cela m'étonnait, car il ne tripotait jamais et ne misait que sur des affaires saines ; et la banque était toute sa vie.

— Eh bien ? fit-il.
— Qu'est-ce que tu veux ?
— Je te l'ai dit.
— Pourquoi ne me dis-tu pas ce qui se passe ? Tu veux que je m'en tire sans dommage, c'est ça ?
— Je ne veux pas de ton argent dans la banque.

Il le disait d'un ton plus calme, maintenant.

— Dis-moi ce qu'il y a, Teeny. Je pourrai peut-être t'aider.
— Je ne veux pas de ton argent.

Il recommençait à s'énerver.

— Assieds-toi, je vais le retirer, dis-je.

Il s'assit, ouvrit un tiroir et y prit un carnet de chèques.

— Tiens, fais un chèque pour le tout, dit-il en me le tendant.
— Je ne sais pas combien j'ai ; je n'ai pas mon relevé.
— Voilà le compte.

Il me présenta une feuille de papier sur laquelle était inscrit le total. Je levai les yeux et lui dis :

— Tu avais tout arrangé à l'avance, hein ?
— Fais le chèque, insista-t-il.

Je le remplis à mon nom.

Teeny appuya sur un bouton et, une minute après, un caissier entra. Teeny lui donna le chèque.

— Payez ça.
— Le révérend Mac Laughlin est là, monsieur, fit le caissier.

— Le révérend Mac Laughlin ? fis-je, intrigué.
— Un ami à moi. Laisse tomber, Buck.

Le prêtre entra. Il était grand et maigre. Tout était gris en lui, même son visage. Il portait la robe noire des Jésuites et, lorsqu'il marchait, elle se plissait en froufroutant comme jupe de femme ; mais sa démarche était celle d'un athlète.

— Bonjour, fit-il.
— Hello ! révérend, dit Teeny.

Il redevint calme et sa paupière s'arrêta de battre. Il sourit. Cela me fut désagréable parce que je n'aimais pas les prêtres et que j'aurais pu lui être plus utile s'il s'était confié à moi.

— Mon père, je vous présente l'inspecteur Saliotte, de la police, dit Teeny. Le révérend Mac Laughlin est professeur à l'université. Je n'ai pas eu la chance d'être son élève ; il enseigne l'anatomie.

Je me levai et lui serrai la main.

— Vous découpez les cadavres ? demandai-je.
— Oui.
— Des cadavres de femmes ?
— Et de petits enfants.
— Ah oui ? fis-je en le regardant fixement.

Je vis mon image se refléter dans ses yeux gris. Nous nous observâmes ainsi pendant un moment.

— Vous n'aimez pas les prêtres, dit-il tout à coup.
— Non.
— Pourquoi ?
— Ce sont des menteurs.

— Menteurs ? Comment ça ?
— Un homme est un homme, dis-je.
— Que voulez-vous dire ?
— Est-ce qu'on châtre les prêtres ?
— Non.
— Alors ce sont des menteurs.
— Quand un homme aime une chose, et que cette chose est pure et vraie, plus rien d'autre ne l'attire.
— Et celui qui pelotait ma vieille pendant que mon père était descendu chercher un morceau de pain, pour ne pas la laisser crever de faim ?
— Je regrette, mais le sujet devient choquant.
— Assez, Buck ! intervint Teeny.
— Laissez donc, monsieur Tinevelli. Taquiner les prêtres est une occupation vieille comme le monde.
— En tout cas, dis-je, ils sont aussi intéressés que n'importe qui.
— Ça suffit ! lança Teeny. Asseyez-vous, mon père.

Le prêtre s'assit et arrangea sa robe de manière à placer la croix bien en vue de Teeny, exactement comme un commis voyageur étale sa marchandise devant ses clients.

— Vous m'avez dit que M. Saliotte est de la police. Peut-être pourrait-il vous aider ? dit le père Mac Laughlin.
— Mon père ! s'exclama Teeny.
— Excusez-moi. Je n'avais pas l'intention de révéler quoi que ce fût. Ce que j'en disais, c'était uniquement pour votre bien.

— Confesseur, également, dis-je. Peut-être bien que je pourrais l'aider ! Et pourquoi ? Il ne me dit même pas de quoi il s'agit !

Le caissier ouvrit la porte et s'avança.

— Monsieur Tinevelli, il n'y a pas assez d'argent en caisse pour couvrir ce chèque, fit-il. Je l'ai garanti ; peut-être les dépôts suffiront-ils ?

— Laissez-le, dit Teeny en prenant le chèque.

Il avait pâli et contemplait le bureau en évitant de me regarder. Sa paupière recommençait à battre.

— Tu n'as pas besoin de te faire tant de bile, Teeny. De toute façon, c'est ce que j'imaginais, dis-je.

— Tu imaginais quoi ?

— Un découvert.

— Tu te goures.

— C'est bon, je me goure.

— Je te le dis.

— Pourquoi te donnes-tu tant de mal pour me convaincre ? Si tout allait bien, tu ne ferais que rire.

— Je ris.

— Merde, alors ! Tu parles d'un rire, dis-je. (Je me tournai vers le prêtre et le montrai du doigt.) Je parie qu'il rigole plus que toi. Fais seulement le compte de ce que tu as donné à ces oiseaux-là, et je suis sûr que ça suffirait à te tirer d'affaire.

— Tais-toi.

— Redemande-le-lui ; vas-y, redemande-le-lui. Tu pourrais toujours te l'accrocher, je suis tranquille !

— Je ne puis donner ce qui ne m'appartient pas, fit le prêtre.

— Et voilà le coup de main que tu attends, Teeny. Voilà de l'aide pour toi, tiens !

— Tais-toi, bon Dieu ! Tais-toi, Buck ! s'écria-t-il.

Je posai le chèque sur le bureau. Juste à ce moment, le Yid ouvrit la porte et se planta devant.

— Tenez, mon père, voici un don, dis-je d'un ton calme. Ce sont des maquerelles, des femmes de bordel et des tueurs professionnels qui ont fait la somme... et maintenant, refusez-le.

— Je ne peux pas, mais j'y adjoindrai vos commentaires et je suis presque certain que ce chèque vous sera renvoyé.

— Bobards ! dis-je en prenant mon pardessus. Je vous demande pardon : Yid, je te présente le révérend Mac Laughlin.

— *Shaleck Halachem, Shammes*, dit le Yid.

— *Halachem Shalem*, répondit le prêtre.

En traversant le hall de la banque, je me rendis soudain compte de ce qui me déplaisait dans cet endroit : ça ressemblait trop à une église.

# 4

Le lendemain matin, je me rendis chez le médecin. Il avait son cabinet dans un hôtel, mais on pouvait y accéder par une entrée particulière donnant sur la rue. Sur la porte on lisait : *Entrez sans frapper.* Deux jeunes femmes étaient assises sur le rebord de la fenêtre qui formait banquette, les jambes repliées sous elles, fumant des cigarettes. Le docteur était en pyjama ; il parut gêné ; il m'expliqua qu'il ne m'attendait pas... seulement sur rendez-vous... n'aviez pas de rendez-vous... excusez la tenue... voudrais-je attendre ? La bonne n'aurait pas dû laisser la porte ouverte comme cela... désolé de faire une telle impression... des proches parentes... Je lui dis que ça n'avait pas d'importance, que nous étions tous des humains, médecins y compris ; il répéta « humains ? » comme s'il n'avait pas saisi. Des proches parentes qui habitaient chez lui... si je voulais bien attendre quelques instants, il allait s'habiller... Je répondis :
— Bien sûr, quoi !

Je m'assis dans un curieux fauteuil espagnol dont le dossier étroit était orné de petits clous de bronze à tête pointue ; c'était très inconfortable. Les clous me rentraient dans le dos ; ça me rendait nerveux. Il faisait une chaleur étouffante dans la pièce, et je me demandais quand les deux femmes se décideraient à s'en aller pour que je puisse ouvrir la fenêtre. Pour tâcher de ne plus penser à la chaleur, j'essayai de m'intéresser à l'ameublement ; c'était joli ; les banderoles, flèches, vieux sièges cloutés, carpettes anciennes jetées sur la pierre et l'escalier en pierre à rampe de fer qui menait au premier, tout était de style espagnol. Et je me disais : « Il a là un filon qui m'a l'air de rapporter autant que le mien et c'est plus joli chez lui que chez moi, mais bon Dieu, je parie que mon installation me revient plus cher que la sienne. »

Le docteur m'appela au premier et j'eus l'impression d'entrer dans un hôpital : tout était blanc et frais.

— Asseyez-vous, fit-il.

J'obéis, gardant mon pardessus et mon chapeau sur mes genoux.

— Qu'est-ce qui ne va pas ?

Je le lui dis en commençant par le début du mal et les premières nausées. Il posait des questions. Depuis quand ? Est-ce que j'avais faim souvent ? Avais-je mal quand j'avais faim ? Est-ce que la douleur cessait après que j'avais mangé ? Quel genre de douleur était-ce, et combien de temps durait-elle, et au bout de combien de temps après avoir mangé commençais-je à souffrir ? Est-ce que je fumais ? Est-ce que je buvais ? Quel âge avais-je ? Venez par ici.

Nous entrâmes dans une pièce sans fenêtre. Les murs et le mobilier étaient peints en noir.

— Déshabillez-vous, dit-il.

J'enlevai veston, gilet, chemise, gilet de flanelle et commençai à déboutonner mon pantalon.

— Pas la peine d'enlever le pantalon. Laissez-le seulement ouvert afin que les boutons ne me gênent pas. Mettez-vous entre ça et ça.

Je me penchai et me tins debout entre une grande boîte noire et une glace fixée sur un bras mobile. Je supposai que c'était un fluoroscope ; je n'en avais encore jamais vu.

Le docteur se plaça derrière l'écran ; il mit un moteur en marche, éteignit la lumière et s'assit en face de moi. Le ronronnement du moteur se transforma en crépitements ; une faible lueur bleuâtre éclaira son visage et je sentis un picotement à l'endroit où mon dos appuyait contre l'appareil. De ses deux mains gantées de caoutchouc épais, il pressa fortement sur mon estomac.

— Vous n'avez rien mangé, ce matin ?

— Non. Ma femme de ménage m'a dit qu'on ne devait rien manger avant d'aller chez un spécialiste de l'estomac.

— Brave fille, dit-il. Nous allons commencer la série maintenant.

Il ralluma et arrêta le moteur ; le ronronnement s'éteignit. Puis il sortit de la pièce et revint avec un verre plein d'un épais liquide blanc.

— Quand je vous dirai de boire ceci, buvez lentement. Vous vous arrêterez quand je vous le dirai.

Il me tendit le verre, remit le moteur en marche et fit l'obscurité. De nouveau la lueur bleue et les picotements.

— Buvez, je vous prie. Doucement, je vous prie. Stop. Encore un peu, maintenant. Stop. Très bien. (Lumière.)

Ensuite, sur une table, avec des plaques de métal comprimant mon estomac.

— Retenez votre respiration. (Bzzz...) Très bien. Tournez-vous sur le côté. Le côté droit, je vous prie. Retenez votre respiration. (Bzzz...) Ça va. Vous pouvez vous rhabiller.

Je dus glisser en arrière sur la table car mon pantalon était tombé sur mes genoux et je ne pouvais plus me servir de mes pieds pour descendre de côté. Ce faisant, je renversai ce qui restait du liquide blanc et l'infirmière dut l'essuyer, ce qui n'eut pas l'air de lui plaire outre mesure.

— Très bien, inspecteur Saliotte, — c'est bien votre nom, n'est-ce pas ? Revenez me voir dans six heures et ne mangez ni ne buvez rien, absolument rien !

Lorsque je descendis pour sortir, les deux femmes n'étaient plus là.

La deuxième fois, ce fut pareil ; sauf qu'il ne me fit rien boire. Avant de partir, il me dit que je pouvais manger tout ce que je voulais et me demanda de revenir le lendemain matin.

Je montai l'escalier du poste. L'immeuble était

vieux et la peinture couvrant les murs de brique s'en allait par plaques ; toutes les maisons environnantes étaient pareilles. C'était un trou ; et je pensai aux bureaux du commissaire.

Je poussai la porte ; l'homme de garde esquissa un salut lourd et nonchalant, particulier aux policemen. Je passai dans le bureau d'entrée sans lui répondre. Le bureau était construit comme une estrade de juge et se trouvait à l'extrême gauche ; un groupe se tenait devant. On était en train de cuisiner quelqu'un. Ça gueulait dur.

Le sergent de service m'appela au moment où je tournais à droite pour aller dans mon bureau.

— Qu'est-ce que vous voulez ?

— Cet oiseau-là veut vous voir.

Je m'approchai du groupe.

— Bon Dieu, laissez-moi vous expliquer !

Je l'examinai de plus près ; c'était Big Stem James[1], vieilli mais toujours le même Big Stem ; une silhouette familière de la Grand'Rue, un homme qui avait connu des fortunes diverses ; un drogué. La dernière fois que j'avais entendu parler de lui, il revendait des billets de spectacles pour le compte d'un « spéculateur », spécialiste de ce genre d'entreprises. Avec lui se trouvait un autre drogué que je connaissais également.

— Poissé encore une fois, Big Stem, hein ?

— Bon Dieu quoi, ce n'est pas pour une histoire de billets, ce coup-ci. Laissez-moi vous expliquer !

---

1. *Big Stem James* : Littéralement, James au « grand coffre ».

— C'est une fripouille, une saloperie de putain de fripouille, déclara l'autre.

— Qu'est-ce que vous venez faire là-dedans ? lui demandai-je.

— Je dépose une plainte. Le sale voleur !...

— Amenez-les là-haut, dis-je au policeman.

Nous montâmes. Moi d'abord, et les autres suivant à la file, dans un vacarme de pieds sur les marches en bois. Le Yid était assis à mon bureau lorsque nous entrâmes dans la pièce.

— Où as-tu été toute la journée ? demandai-je.

— ... Vous le dirai plus tard, monsieur, répondit-il, montrant les autres d'un signe de tête.

Il observait une attitude très respectueuse en présence de tiers. C'est pourquoi j'aimais le Yid. Il montrait qu'il avait de la jugeote.

Je m'assis.

— Maintenant, un à la fois. Toi d'abord, James.

— Dites au flic de sortir et je vous dirai tout net ce qui s'est passé.

— Sortez ! dis-je au policeman.

L'homme obéit.

— Je n'ai pas besoin de vous raconter des bobards, cap !...

— Inspecteur ! corrigeai-je.

— Inspecteur... vous savez qu'il en prend, et moi aussi. Le mec qui lui en refile attrape une pneumonie et comme il ne pouvait pas s'en procurer, il s'amène vers moi et il me dit : « Voilà cent dollars, trouve-moi pour cent dollars de came ». Alors je lui demande ce qu'il prend d'habitude et puis je sors pour tâcher de lui trouver ça. Il en goûte et il la trouve bonne. Je sais pas ce qu'il veut !

— Menteur ! fit l'autre.

Il tapotait du pied par terre, tambourinant sur le bureau et se dandinait d'un pied sur l'autre.

— Taisez-vous ! dis-je. Continue, James.

— Trois heures du matin, et le voilà qui vient cogner tant qu'il peut à ma porte, en s'arrachant les cheveux et en gueulant que je l'avais possédé. Le boucan qu'il faisait ! Je réussis à le semer jusqu'à cet après-midi. Il me voit dans la rue et ce con-là me fait arrêter, et pourtant il savait bien qu'il se ferait agrafer aussi. Écoutez, cap...

Cette fois, je ne l'interrompis pas.

— Ne me chambrez pas. Vous savez que j'ai le cœur faible et que si je vais en taule, je crève. Je lui ai refilé la camelote, aussi vrai qu'il est né, je lui ai refilé la came !...

— Le salaud de menteur qu'il est ! C'était du sucre en poudre.

— Taisez-vous, Smirker[1], dis-je. James, mets-toi à table.

Je le voyais haleter, tant sa ration lui faisait défaut ; et l'autre était dans le même état.

— C'est la vérité, je vous jure !
— Allons, accouche, dis-je.
— Quoi encore ?
— J'attends que tu me le dises.
— Je vous ai tout dit.

1. *Smirker* : de « *smirk* » : minauder.

— Pas tout.

— La charogne ! s'écria Smirker.

— Ta gueule, espèce de saloperie de drogué, riposta James.

— Moi, un drogué ! Merde alors, espèce de saloperie de...

— Bouclez-la, tous les deux ! À présent, James, je te conseille de l'ouvrir ou bien j'appelle un flic et vous vous arrangerez en bas, dis-je.

— C'est bon, cap. J'ai perdu tout le fric aux dés, alors j'ai été forcé de lui refiler du sucre en poudre.

— Levinson, dis-je en m'adressant au Yid, fouillez-le.

— C'est bon, c'est bon, cap, voilà, fit James en tirant de sa poche un paquet de cigarettes qu'il jeta sur la table.

Devant sa hâte, je vis tout de suite qu'il avait un revolver sur lui. Smirker fit un mouvement vers le paquet de drogue, mais je mis la main dessus. Il se tint planté devant moi, la bouche élargie en un rictus mielleux, les doigts tambourinant sans arrêt sur le bureau.

Je pris une feuille de papier dans mon tiroir, la déchirai en deux et partageai le contenu du paquet le plus équitablement possible.

— Une part pour chacun, dis-je. Et tâche de la boucler, Smirker, sinon je te fais comparaître sous ton vrai nom.

De jaune qu'il était, son visage devint gris. Il prit sa part et sortit du bureau en courant presque, tellement il avait hâte de trouver un coin tranquille pour faire son plein de drogue.

— T'as un feu sur toi, James, lui dis-je.

— Ma parole, cap...

— T'as un feu, déclarai-je d'un ton péremptoire.

— Écoutez, j'ai quelque chose pour vous. Pour ce qui est de mon feu, n'y pensez plus. J'ai une combine magnifique.

— J'écoute.

— Rien à faire, dit-il en jetant un coup d'œil vers le Yid.

— Sors, dis-je à ce dernier.

Il obéit.

— Big Stem, je te connais depuis longtemps et toi aussi tu me connais, et...

— Sans blague ? Et la fois que vous avez amené une gonzesse dans ma chambre, au milieu de la nuit, et que j'ai été forcé d'attendre dehors, sur l'escalier de secours.

— Parlons d'autre chose.

— Ça va. Tout de même, qu'est-ce qu'elle avait comme diams, la môme !

— Je t'ai dit de parler d'autre chose. Continue ton histoire.

— *Okay*, cap. Le combat du stade est truqué. C'est Tierney qui va gagner.

— C'est connu. De qui le tiens-tu ?

— Peu importe. Pariez tout ce que vous avez.

— C'était pas la peine de le truquer ; c'est lui qui gagnait de toute façon. Slater est une lavette.

— Peut-être ; en tout cas, perdant ou gagnant, l'arbitre lui donne la décision.

— Et s'il se faisait mettre knock-out ?

— Faute.

— Qui est-ce qui arrange ça ? Avant de parier, je veux être sûr.

Il m'examina attentivement.

— Faut pas me bourrer la caisse, cap !

— Vas-tu t'expliquer, nom de Dieu !

— Vous n'allez pas me faire croire que *vous* n'êtes pas au courant.

— Assez !

— Merde ! Ami comme vous êtes avec lui, j'aurais cru que vous seriez au courant. Je ne vous ai parlé de ça que pour avoir l'air de vous raconter quelque chose et pour que vous ne soyez pas trop dur avec moi. Ne dites pas que ça vient de moi, sinon je suis bon.

— De qui parles-tu ?

— Du patron.

— Qui ça, Levines ?

— Non ; c'est plus pour eux que je bosse.

— Alors, pour qui travailles-tu ?

— Stein ; Mike Stein.

— Stein ?

— Sûr ; votre copain. C'est pourquoi je pensais que vous étiez dans le coup. Ne me donnez pas, cap.

— T'es certain ?

— Et comment ! C'est pour ça que je lui ai pris son fric, à l'autre ballot... Croyez que j'aurais besoin de ses cent dollars, sans ça ? J'ai tout mis ce que j'avais.

— Depuis quand Stein est-il là-dedans ?

— D'où débarquez-vous ? Stein et Wallace sont comme les deux doigts de la main. Il a montré à Wallace comment on pouvait faire de l'argent avec les combines de billets, sans risques ; maintenant, ils sont copains. Il est actionnaire du stade et tout... C'est comme ça qu'il s'est mis à parier et à truquer les matches.

— C'est bon, James. Garde ton feu. Seulement, tâche de faire gaffe à ne pas te faire poisser quand je ne suis pas là.

— Vous en faites pas. On ne me poissera pas comme ça. Je me suis laissé faire cette fois parce que je savais que vous étiez là et que vous n'oubliez pas les amis. Mais si on m'arrête pour quelque chose que vous ne pourriez pas arranger, je ne me laisserai pas emmener. Celui-là (il mit la main sur son cœur) ne tiendrait pas le coup une semaine si j'étais privé de came. J'aimerais autant faire le saut en emmenant deux ou trois flics avec moi que de devenir cinglé et de me défoncer le crâne contre un mur.

— Qu'est-ce que tu as derrière la tête, James ?

— Sais pas ce que vous voulez dire.

— Tu sais très bien ce que je veux dire. Tu n'as jamais trimbalé un pétard, tu n'en as pas besoin, pour ton commerce de billets. Tu me caches quelque chose.

— Absolument rien ; vous n'y êtes pas du tout.

— C'est bon, mais comme je te le disais tout à l'heure, si je te poisse pour quelque chose de pas propre, faudra bien que tu parles, sinon je te boucle.

— Moi ? À la morgue, sur une dalle, oui, peut-être ; sans ça, jamais.

— Je t'ai à l'œil.

— Je suis blanc comme un lis. Alors, je les mets. Pariez tout ce que vous avez.

— Peut-être.

— Vous êtes fortiche ; vous faut des preuves.

— Tu peux parier là-dessus.

— Eh bien, c'est absolument sûr, cap ; mais...

— Tiens, il y a donc un mais ?

— C'est que...

— C'est que quoi ?

— Si jamais ils apprennent l'histoire de la gosse...

— Qui ça, ils ? Et quelle gosse ?

— Ce salaud-là couche avec une mineure.

— Quoi ! m'exclamai-je en le poussant contre le mur.

— C'est pas de blague, je ne mens pas. Un tas de mecs sont au courant. Ce couillon-là ! Intelligent comme il est... et le voilà qui se fait avoir par une petite môme de rien du tout. Si l'opposition apprend ça, bonsoir !

— L'opposition ?

— Ben oui. Depuis qu'il marche avec Wallace, ils se sont mis tout le monde des sports à dos ; et en particulier Connors, le patron des Purple socks[1] et Willis, le manager de Slater. Si jamais ces oiseaux-là les poissent, ils sont foutus, tous les deux.

— Qui le sait ?

— Tout le monde, à l'agence. Elle s'amène, prend le téléphone et dit comme ça : « Allô ! daddy, est-ce que je peux avoir dix dollars ? » et, subito-presto, on vous appelle un type à l'appareil qui reçoit l'ordre de les lui donner.

— Où l'emmène-t-il ?

— À l'hôtel.

— L'imbécile, dis-je.

— Ouais. Et s'ils se font posséder, bonsoir !

— Je veux savoir son nom et son adresse, Big Stem.

— Vous promettez de ne pas me donner ?

— Chasse d'ici.

Il sortit et le Yid rentra dans le bureau.

— Qui est Smirker ? interrogea-t-il.

— Ne m'embête pas en ce moment.

— Comment qu'il a mis les pouces !

— C'est normal. Il est le frère de Mme Holland.

Le Yid siffla d'un air entendu.

— Le pèze que cette bonne femme a pu dépenser pour lui, c'est fou, dis-je. Il a pris la cure deux ou trois fois, mais à chaque coup, il recommence. Sa femme s'est débinée avec un officier ; comme il avait le cafard, il s'est mis à boire. C'est un bar-

---

1. « Chaussettes Pourpres » (Équipe de base-ball).

man qui lui a donné le goût de la drogue. Vaches de femmes, quand même !

— Je suis sorti aujourd'hui et j'ai pris rendez-vous pour nous.

— Tu peux te le coller quelque part, ton rendez-vous.

— Elles sont bien.

— Ne m'ennuie pas.

— C'est mon cousin qui les a amenées de je ne sais où, avec lui. Elles dansent dans un numéro de music-hall. C'est des femmes bien, pas des veaux.

— Ça va. On connaît la chanson.

— Comment ça s'est passé avec le docteur ?

— Sais pas... Faut que j'y retourne demain matin.

— Elles sont gentilles, reprit-il.

— Ça m'étonnerait.

— Pas des veaux.

— Je demande à voir.

— Facile. Venez, on rigolera.

— Vas-y tout seul. Tu rigoleras pour deux.

— Oh ! sans blague, venez...

— J'aime mieux roupiller.

5

Cette nuit-là il fit plus froid, puis le temps se radoucit. Dans la matinée, il se mit à neiger. Comme il n'y avait pas de vent, les gros flocons flottaient en l'air, comme des plumes. C'était comme si on avait crevé un édredon et passé les plumes au tamis. En quelques minutes le jardin, les arbres et les murs furent recouverts.

Je m'assis à la fenêtre pour regarder. Le radiateur était tout près de la fenêtre, aussi me sentais-je très bien. Il était rare que je me sentisse bien le matin et, cette fois, c'était peut-être parce que je n'avais pas de soulographie à cuver.

J'étais assis là sans penser à rien ; je regardais tomber la neige. Bientôt j'entendis l'arrivée de Myra, immédiatement suivie d'un bruit de vaisselle, puis elle entra dans ma chambre.

— Qu'est-ce qu'il a dit ?
— Qui ?
— Le médecin ?
— Sais pas encore. Faut que j'y retourne ce matin. Ce n'est pas ça qui me tourmente.

— J'étais inquiète.

— Qu'est-ce que ça peut bien vous faire, à vous ? C'est mon estomac, pas le vôtre.

— C'est pour ça, dit-elle.

— Comment, c'est pour ça ?

Elle ne répondit pas et resta debout à regarder par la fenêtre.

— C'est joli, n'est-ce pas ? dit-elle enfin.

— Oui. Et quand on aura marché dessus, ça sera plus sale qu'avant.

— Pour l'instant, c'est joli... Qu'est-ce que vous ferez si le médecin vous dit que vous avez un cancer ?

— Je ne sais pas.

Il y eut un nouveau silence. Je sentis que je devais dire quelque chose :

— Comment va votre fils ?

Son visage s'illumina :

— Il va bien.

— Quel âge a-t-il ?

Ça m'était égal, mais je me sentais bien et je voulais lui dire quelque chose qui lui fît plaisir.

— Sept ans.

— Vous n'êtes pas très vieille.

— J'ai vingt-six ans.

— Vous étiez toute jeune.

— Oui, j'étais encore jeune.

— Qu'est-ce que c'était ? La villageoise et le citadin ?

Je savais qu'elle venait de la campagne.

— Non. Le fils des voisins.

— Il n'a pas voulu se marier ?

— Pourquoi l'aurait-il fait ? Il a eu ce qu'il voulait. Il est parti.

— Il devait bien revenir un jour ou l'autre. Vous auriez pu le forcer.

— Je ne voulais pas.

— Pourquoi ?

— À cause de son père. Il était vieux, plus de quatre-vingts ans... et fier ; il avait été membre du Parlement et s'était battu pendant la guerre de Sécession. Ça lui aurait brisé le cœur. Je l'aimais bien.

— Sa vie était finie.

— Oui, elle était finie. C'est pour ça...

— Ah ! les femmes ! Vous aimez son fils ?

Un silence, puis :

— Dans un sens, oui.

— Qu'est-ce que vous avez fait ?

— Je suis allée voir son frère ; il connaissait son adresse, et je lui ai dit de lui écrire qu'il pouvait revenir, parce que j'étais décidée à partir. Il m'a répondu que ça tombait bien, parce qu'il venait justement de s'entendre avec quelques autres jeunes gens pour leur faire témoigner que... et elle s'arrêta.

— Charmant, dis-je.

— Ça m'était égal. Tout le monde savait que nous étions ensemble depuis des années, et j'étais persuadée qu'il ne trouverait jamais personne pour affirmer cela sous serment. Je suis partie à cause du vieux.

— Qu'est-ce qu'il est devenu, le vieux ?
— Il est mort.
— Marrant ! Il est mort quand même ?
— Oui, mais je suis contente que ça se soit passé ainsi, dit-elle.

Et elle s'en alla dans la cuisine.

Je m'habillai et m'assis devant un petit déjeuner confortable. Le docteur m'ayant permis de manger tout ce que je voulais, je ne me refusai rien.

— Vous me téléphonerez pour me dire ce qu'il vous aura dit ?
— Si j'y pense, répondis-je.

Le docteur prit d'abord une photo, puis il se servit du fluoroscope. Il croyait « avoir mis le doigt sur le mal », me dit-il... Prit une autre photo pour être sûr de ne pas se tromper. Voudrais-je revenir dans une demi-heure ou préférais-je attendre au salon ? Il allait développer la photo. Je lui répondis que je préférais revenir et je sortis pour aller m'asseoir dans la voiture.

Je n'étais nullement inquiet, mais je tenais à savoir ce que c'était, de façon à pouvoir en finir d'une façon ou d'une autre.

Un cheval glissa et tomba dans la neige. J'assistai aux efforts qu'on fit pour le remettre sur ses pattes ; on étala des sacs et on répandit de la cendre sur la neige afin de donner plus de prise à ses fers ; finalement, après maintes tentatives et maintes glissades, il se remit debout.

La demi-heure était passée ; je rentrai dans le bureau et le docteur me fit monter au premier. Il posa les négatifs sur des plaques en verre dépoli et tourna un interrupteur ; les négatifs s'éclairèrent. Celui qu'il avait fait le matin même était encore humide, il l'avait mis dans un pince-cliché pour l'empêcher de s'enrouler.

— Voici la première, dit-il. Vous voyez : l'estomac est absolument normal. Pas de taches ; tout à fait net et normal. Maintenant, voilà celle qui a été prise six heures plus tard. Estomac vide ; il y a du sulfate de baryum dans le gros intestin — c'est la mixture blanche que vous avez bue. Et maintenant, regardez ceci : ça c'est l'appendice ; vous voyez comme il est recourbé et tordu ? J'ai essayé de le remettre droit sous le fluoroscope, mais je n'ai pas pu. Je l'ai fait bouger, mais je n'ai pas pu l'allonger. Il est évident qu'il adhère. Et tenez, regardez l'engorgement, ici.

Il désigna une tache sombre sur l'appendice.

— J'ai pris une autre photo pour être certain. Quelquefois ça peut provenir de la photo, mais vous voyez, là, c'est pareil. C'est une très mauvaise forme d'appendicite chronique. Vous serez obligé de vous faire opérer bientôt. Enlevez votre veston et votre gilet.

J'obéis.

— Étendez-vous là, je vous prie.

Je grimpai sur la table. Il déboutonna mon pantalon, détermina avec ses doigts un point situé entre l'os iliaque et le nombril et m'appuya de toute la force de ses deux mains sur le ventre. Je ressentis une légère douleur. Ensuite, il enleva brusquement ses mains, la chair se détendit comme du caoutchouc et j'eus l'impression que mes boyaux, au lieu de s'arrêter à la peau, allaient s'échapper de mon ventre et suivre ses doigts, et la douleur fut telle que je me soulevai à demi pour retomber aussitôt.

— Ça fait mal, hein ?
— Oui.
— Exactement ce que je pensais. Rhabillez-vous.

Je me rhabillai et m'assis près du bureau pendant qu'il remplissait une fiche.

— Faudra vous le faire enlever tout de suite, dit-il.
— Je verrai.
— Le plus tôt sera le mieux.
— Je verrai,... faut que j'y réfléchisse.
— Je pourrais vous avoir le docteur Herbert ; il est professeur de chirurgie.
— Oui ?
— Il a un cours à l'hôpital.
— Ah oui ?
— Si vous allez le voir de ma part, il ne vous écorchera pas.
— Ce n'est pas ça. Il faut que j'arrange mes affaires d'abord.
— Faites-le-moi savoir.

Je me levai. Qu'est-ce que je devais faire en attendant ? La douleur qu'il avait provoquée persistait.

— Il n'y a rien à faire. Si vous avez mal, mettez de la glace ; rien de chaud surtout. Ça donne parfois des résultats, et ça fait vomir ; ça, on n'y peut rien.

— Combien vous dois-je ? demandai-je.

Il me tendit sa note. Elle se montait à deux cents dollars. Je lui signai un chèque.

En arrivant en bas, je m'assis un instant. La douleur augmentait. On aurait dit que quelqu'un lâchait sur la peau de mon ventre un élastique fortement tendu, et lorsque je voulus me lever, je dus rester légèrement courbé.

Myra m'ouvrit la porte. Elle porta la main à sa bouche et m'agrippa par le bras.

— Qu'est-ce que c'est ?
— Rien.
— Qu'est-ce qu'il a dit ?

Elle croyait que c'était ce que m'avait dit le médecin qui m'avait mis dans cet état. Je lui expliquai. Elle voulait m'aider à me déshabiller, mais je lui ordonnai de foutre le camp de ma chambre et d'aller acheter de la glace. Elle me répondit qu'il y avait de la glace dans la cuisine, puis elle sortit chercher une poche en caoutchouc. Je me déshabillai, enfilai mon pyjama et me mis au lit.

Juste à ce moment elle revint de la pharmacie ; elle était hors d'haleine et je savais qu'elle avait couru ; je lui en fus reconnaissant et en même temps je me sentais un peu honteux en pensant au plaisir que j'avais éprouvé à l'humilier avec mes femmes.

Sous la glace, la douleur changea de nature ; les coups d'élastique se transformèrent en souris qui se mirent à grignoter mes entrailles ; puis un engourdissement total m'envahit. Chaque fois qu'il fallait enlever la poche en caoutchouc pour remplacer la glace, la douleur reparaissait pour décroître ensuite, dès que j'avais de nouveau de la glace sur le ventre.

Je m'assoupis ; Myra changea une fois la glace et m'essuya le ventre à un endroit où le récipient avait fui ; je n'en eus que très vaguement conscience, car j'étais plus endormi qu'éveillé. Je me sentais très bien au lit ; en général, ça ne me disait rien de rester couché, mais, cette fois, c'était bon : rêver et glisser doucement dans le néant...

Quelqu'un me secouait le bras et je dus faire un gros effort pour revenir à moi.

— Buck, ouvrez les yeux !
— Qu'est-ce qui se passe ?
— Quelle peur j'ai eue ! Vous respiriez à peine. Je vais appeler le docteur.
— Pourquoi ? Je vais bien, maintenant ; je me sens tout à fait bien.
— Je vais l'appeler. Quelle est son adresse ?
— Je n'ai pas besoin de docteur. Je me sens bien.
— Donnez-moi son adresse.

Je la lui donnai et elle alla téléphoner dans le vestibule ; je l'entendis demander les réclamations et, finalement, elle obtint le numéro. Pouvait-il venir tout de suite ? Oui, très mal. Douleur... glace... pouls très faible. Tout de suite ? Elle demanda un autre numéro... Rentre pas à la maison. Faites dîner le petit et mettez-le au lit. Peut-être tard, peut-être pas de la nuit. Malade, très malade. Bonsoir.

— Quelle heure est-il ? lui demandai-je quand elle revint dans la chambre.

— Sept heures.

— Déjà la nuit ?

— Oui.

— Vous n'êtes pas sortie de la journée. Pourquoi ne rentrez-vous pas chez vous ?

— Vous quitter ?

— Je suis très bien.

— Le docteur va arriver.

— Je n'ai pas besoin de lui.

— Vous ne vous rendez pas compte de votre état.

— Je me sens tout à fait bien.

Elle ne répondit pas, mais alla regarder par la fenêtre.

— Il neige encore ?

— Oui. Il neige encore.

Sa voix me parut avoir une résonance musicale.

— C'est moche pour les chevaux, dis-je.

Le médecin me découvrit, et comme je remontais la couverture sur mes jambes, d'un geste inconscient, il la tira de nouveau. Je lançai un coup d'œil du côté de Myra et je me rendis compte qu'elle n'apercevait que les doigts du médecin, aussi laissai-je la couverture où elle était.

La douleur réapparut subitement lorsqu'il appuya.

— Je savais que cela ne tarderait pas, mais je ne me doutais pas que cela arriverait si tôt, déclara-t-il.

— C'est parce que vous appuyez, dis-je.

— Cela se produit parfois quand le cas est grave. Je vais appeler une ambulance pour vous faire transporter à l'hôpital. Je pense que je pourrai vous avoir le docteur Herbert. Il n'aime pas opérer la nuit ; mais si c'était nécessaire...

— Serez-vous obligés d'opérer ? interrogea Myra. Ne pourrait-on le traiter par le froid ?

— C'est trop tard à présent. Ne vous faites pas de mauvais sang ; c'est une opération des plus simples.

— Il y a toujours les complications à craindre.

— En aucune façon, madame Saliotte.

Elle rougit.

— Je ne suis pas Mme Saliotte.

— Je vous demande pardon, fit le docteur et, se tournant vers moi : Avez-vous vomi ?

— Oui, mon petit déjeuner.

— Parfait, dit-il.

Puis, s'adressant à Myra :

— Donnez-lui un lavement. Où est le téléphone ?

Myra lui montra où se trouvait le téléphone.

Les porteurs de l'ambulance n'étaient pas spécialement doux ; l'habitude les avait probablement endurcis. Sans doute est-ce inévitable. Ils m'enroulèrent dans la couverture et m'étendirent sur le brancard.

Myra mit son chapeau et son manteau. Le docteur était parti après avoir tout arrangé par téléphone. Nous sortîmes de l'appartement et appelâmes l'ascenseur qui monta. La cabine était trop étroite, il fallut descendre par l'escalier ; j'étais sur le brancard et Myra marchait derrière. Sur le palier, les porteurs durent se ranger pour laisser passer deux livreurs qui bloquaient l'escalier avec un appareil de radio.

En arrivant dans la rue, Myra tira la couverture et me couvrit la figure. Je sentis que l'on soulevait le brancard et qu'on le mettait sur une glissière. Je repoussai la couverture ; nous étions dans l'auto.

Le moteur se mit en marche. Les roues patinèrent sur la neige dans un cliquetis de chaînes et soudain elles s'agrippèrent au sol, si bien que l'ambulance démarra d'une secousse.

J'aurais pu me croire dans la couchette inférieure d'un wagon-lit, avec cette différence que j'étais un peu plus secoué. Nous nous éloignions du centre ; chaque fois que nous passions devant un lampadaire, j'apercevais le visage de Myra ; elle semblait avoir froid. Moi, je trouvais qu'il faisait bon, mais c'était peut-être à cause de la couverture. En traversant une rue mal pavée, la voiture eut à subir des heurts inquiétants. Les piliers du métro aérien filèrent à toute allure : nous suivions la ligne. Le chauffeur prit alors un tournant à gauche, et nous grimpâmes une côte tellement raide que je me sentis glisser le long du brancard et que je ne m'arrêtai que lorsque mes pieds rencontrèrent les montants de fer ; Myra m'entoura de ses bras pour me retenir ; elle ne savait pas que je me maintenais seul. Je sentais ses seins contre ma poitrine et j'entendais son cœur battre ; son visage était tout près du mien. Elle me regarda et m'embrassa.

— En voilà des façons ! dis-je. Je ne suis pas encore mort.

Elle me lâcha et se rassit ; l'auto venait de s'arrêter dans la cour de l'hôpital.

L'établissement était construit sur un plateau rocheux nettement surélevé par rapport à la rue, ce qui expliquait la montée. Tout ce que j'en voyais, à travers les fenêtres latérales de la voiture, était un mur rouge, un énorme tas de coke, et des branches nues que le vent projetait contre les carreaux ; on aurait dit de vieux doigts desséchés grattant le verre.

Les porteurs me tirèrent hors de l'ambulance. Cette fois, Myra n'eut pas le temps de me couvrir la tête et je reçus des flocons de neige sur le visage ; cela me donna une sensation de fraîcheur très agréable. Dès que nous fûmes à l'intérieur de l'hôpital, elle tira son mouchoir et m'essuya.

Mon docteur était là ; il surveilla mon transfert sur une table roulante ; deux infirmières aidaient les porteurs. L'une était grasse et paraissait assez âgée ; l'autre était jeune et jolie et, malgré le faible éclairage du hall d'entrée, je vis qu'elle avait une petite tache de rousseur au menton.

Une jeune femme, qui n'était pas une infirmière, déboucha au tournant du couloir et accourut vers nous ; elle tenait à la main un papier qu'elle se mit en devoir de me lire, non sans avoir été obligée de se pencher et de se coller le nez dessus à cause de la mauvaise lumière. Cela fut rapidement expédié car elle récitait la plupart des phrases par cœur : je m'engageais à ne pas tenir l'hôpital pour responsable au cas où des complications se produiraient.

Elle posa le papier sur une feuille de carton, me mit le tout dans la main, et me tendit une plume. Je commençai à écrire, mais le carton plia ; alors ils me soulevèrent et je fis une croix.

Ce fut pénible et je me sentis soulagé quand je fus de nouveau allongé et qu'ils eurent replacé la glace sur mon ventre — la bouteille avait glissé pendant qu'on me soulevait.

Les deux infirmières me véhiculèrent le long du couloir, laissant là le docteur, Myra et l'employée de bureau qui me regardèrent partir.

Comme la cabine de l'ascenseur était minuscule, mes pieds touchaient la grille de fermeture. L'homme était petit et l'ascenseur hydraulique d'un modèle périmé, si bien qu'il était obligé de faire un saut pour se suspendre à la corde le plus haut possible et peser de tout son poids pour faire démarrer l'engin. Nous montâmes lentement jusqu'au dernier étage ; je savais que nous étions arrivés en haut, car j'apercevais les engrenages et les roues à travers le toit de la cabine.

Voyant que l'employé s'apprêtait à ouvrir la grille d'une secousse, la jeune infirmière lui dit :

— Faites attention, il est grand, ses pieds touchent la porte.

— Ça va, ça va, répondit l'autre, et il tira la table roulante de côté, de façon à l'écarter de l'entrée ; ce faisant, il me coinça le gros orteil contre la grille.

Puis il ouvrit la porte d'un geste brusque et me tira dans le couloir.

Tout était silencieux. Les roues de ma voiture étant caoutchoutées, on n'entendait qu'un bruissement de semelles. Une infirmière portant une cuvette recouverte d'une serviette nous croisa et passa rapidement sans s'arrêter. En tournant la tête, j'apercevais l'intérieur des chambres dont les portes étaient ouvertes ; la plupart étaient occupées par des femmes. Je commençais à éprouver l'impression que ressent l'homme qui entre par mégarde dans un salon de thé et qui s'assied, mange et souffre en silence parce qu'il n'a pas le courage de se lever et de sortir.

Une odeur d'éther flottait dans l'air et s'accentuait au fur et à mesure que nous avancions ; nous approchions de la salle d'opération ; je commençais à devenir nerveux ; comme tous les Italiens, j'ai la terreur du couteau.

Je perdis ma nervosité dans l'antichambre ; la jeune infirmière m'enleva mon pyjama et commença à m'arroser d'eau tiède, pendant que l'autre me triturait le ventre. J'avais de nouveau mal et je me fichais du reste, sauf de ce qui viendrait arracher à mon corps cette souffrance, la trancher, la déchirer... n'importe quoi...

Un homme entra et resta quelques instants à les observer ; voyant qu'elles avaient presque terminé, il alla ouvrir une longue boîte nickelée de laquelle s'échappa un nuage de vapeur. L'homme — il était vêtu de blanc comme les infirmières — enfila des gants de caoutchouc et prit dans la boîte quelque chose qu'il s'efforça de me cacher, mais j'avais aperçu la longue aiguille hypodermique.

Les infirmières m'aidèrent à m'asseoir.

— Penchez-vous, fit l'homme derrière moi.

— Pourquoi faire ?

— N'ayez crainte, vous ne sentirez rien.

— Qu'est-ce que vous allez faire ?

— Une rachi. C'est ce que le docteur Herbert a dit.

— Bon, ça va.

Je me penchai ; les infirmières me tenaient sous les bras, la plus âgée devant moi, l'autre derrière. D'abord, une impression de fraîcheur, puis un coup de poignard dans le dos, accompagné de la sensation qu'on éprouve lorsque le rasoir glisse de biais et vous entaille le visage ; et plusieurs fois de suite le même douloureux va-et-vient pendant que je grinçais des dents avec fureur. Subitement, tout se souleva et je fus pris de nausées. Je tombai la tête en avant, le front sur le décolleté de la grosse infirmière et l'odeur de transpiration et de talc augmenta mon malaise. Elle me remonta, tint mon front dans sa main, et me força à me pencher le plus bas possible. Je me sentis mieux.

— Allongez-vous, dit-elle au bout d'un moment.

Elle me couvrit d'un drap, puis elle alla retrouver les deux autres. En tordant le cou, je vis l'homme ôter son bras de la taille de la jeune infirmière ; il riait.

J'avais le dos engourdi et des fourmis dans les doigts et les orteils. Bientôt, l'engourdissement les gagna et mon corps tout entier ne fut plus qu'une masse insensible. C'était curieux comme impression.

— Que ressentez-vous ? demanda l'homme.
— Fameux.
— Ce n'est pas ce que je veux dire.

Il enleva le drap et toucha plusieurs points de mon corps.

— Vous sentez ça ?
— Non.
— *Okay*, dit-il à la jeune infirmière, et il sortit.

Deux hommes poussèrent les portes battantes et entrèrent dans la salle d'opération. Il y avait là deux autres infirmières et deux autres hommes qui s'affairaient, pliant des serviettes et des oreillers. Tous portaient des gants de caoutchouc et des masques qui leur couvraient la bouche et le nez.

Les deux hommes se rangèrent le long de ma table et l'un d'eux passa son bras autour de ma poitrine ; l'autre m'empoigna sous les reins. Une des infirmières s'empara de mes jambes, une autre de mes pieds, et ils me portèrent sur la table, sous la lumière aveuglante d'une lampe ronde. J'avais l'impression que je flottais, car je ne sentais pas leur étreinte, sauf celle de l'homme qui me tenait la tête. Mon corps était absent. Je ne sentais que le coussin tiède sous ma nuque.

L'homme qui m'avait administré la piqûre m'enveloppa la tête dans une serviette ; les infirmières me couvrirent de serviettes.

Deux autres hommes entrèrent par les portes battantes et, au remue-ménage qui s'ensuivit, je compris que la grande représentation commençait.

Ils s'alignèrent tous autour de moi comme s'ils connaissaient leurs places. L'infirmière tendit un bistouri au docteur ; l'acier miroita sous la lumière vive.

— Je veux voir, dis-je.

— Non, répondit l'homme qui se tenait près de ma tête.

— Laissez-moi voir, nom de Dieu !

— Haussez un peu l'appui-tête et tenez une serviette devant sa bouche, ordonna le chirurgien.

Sa voix me parut lointaine.

On remonta un peu l'appui-tête et je pus voir mon ventre. Les serviettes avaient été enlevées de mon estomac, mais j'en avais encore sur la poitrine et les pieds.

Un des hommes me badigeonna le ventre avec de la teinture d'iode.

Ils étaient tous parfaitement silencieux. Le docteur balança une seconde. C'était comme un match de base-ball, avec le *batsman* à son poste.

Il mesura le vide avec le bistouri, fit quelques passes, fondit sur moi et une bouche commença à s'ouvrir sur mon ventre, une bouche des lèvres de laquelle s'échappaient de grosses bulles rouges. Un petit filet de sang s'écoula lentement et disparut vers le scrotum.

Mes dents grinçaient et s'entrechoquaient. L'homme placé derrière moi baissa les yeux et, voyant ma figure, descendit l'appui-tête d'un geste rapide et sûr. Quelque chose sortait de moi, quelque chose qui remontait des profondeurs, ainsi qu'un hoquet. Cela me râpait la gorge et cela revenait et revenait encore ; un mugissement rauque me déchira les oreilles. J'essayai d'expliquer à cet homme que ce n'était pas de ma faute, que je n'avais pas peur, que ce n'était pas moi et que ce n'était pas non plus une partie de moi-même... il me regarda et se tourna vers le docteur ; puis il appliqua un masque sur mon visage :

— Respirez.

Je respirai. Tout d'abord, cela me fut facile, mais je ne tardai pas à étouffer. Je voulais me jeter en bas de la table, mais je ne pouvais pas. Deux doigts me serraient sous la mâchoire et je dus respirer. Un bourdonnement, une clameur... et un klaxon d'automobile commença à corner très fort... puis, de très loin, s'éloignant et s'éloignant encore, mais ne s'éteignant pas tout à fait, comme une feuille de papier que l'on coupe en deux, et puis encore en deux, sans jamais arriver à la fin puisqu'il en reste toujours une moitié. Ensuite, ce fut l'inverse : le bruit revenait. Soudain, ce fut très drôle et j'éclatai de rire, tout s'éclairait ; je tentai de me soulever, mais l'infirmière me retint.

Durant plusieurs heures, je fus très malade et je vomis de la bile ; je ne ressentais aucune douleur à l'endroit où ils avaient opéré.

Ma chambre d'hôpital était semi-particulière, mais le second lit n'étant pas occupé, j'avais la chambre pour moi seul. Adossé comme je l'étais à une pile d'oreillers, j'avais vue par-dessus les arbres sur la rue et le métro aérien. Les trains débouchaient dans le virage qui contournait l'hôpital et venaient s'arrêter dans la gare située juste en face. La bâtisse dans laquelle on avait installé l'hôpital était très vieille. En me penchant assez loin, j'apercevais la façade de l'aile sud, avec sa peinture rouge qui s'en allait par plaques et ses balcons en bois d'un blanc sale.

Le premier jour, on n'avait permis à personne de me voir parce que je faisais de la température. On m'annonça que Myra était venue. Le lendemain, ma température baissa et on la laissa entrer.

— Hello ! fit-elle.
— Hello !
— Comment ça va ?
— Heu, heu.
— Ils ne voulaient pas me laisser entrer, hier.
— J'avais de la température, dis-je, non sans une certaine fierté.
— Elle est normale ?
— Maintenant elle est normale.

Je me rallongeai. Nous restâmes un moment sans parler. Je m'absorbai dans la contemplation d'une fente qui courait le long du plafond comme une rivière sur une carte.

Finalement, elle rompit le silence :

— J'ai téléphoné à M. Tinevelli. Il va venir aujourd'hui.

Je ne répondis rien.

— J'ai appelé le poste et je les ai prévenus.

— Merci, dis-je. J'avais complètement oublié.

— Il a paru un article dans le journal à votre sujet.

— Hizzoner va sûrement se mettre sur son trente et un et s'amener tout frétillant, le pitre !

— C'est votre ami.

— Tu parles !

— Ne vous énervez pas, c'est mauvais pour ce que vous avez.

— Rien que d'y penser, ça me rend fou.

— Il ne faut pas.

— Vous avez raison.

Nous restâmes de nouveau silencieux. Nous n'étions pas très bavards ; nous n'avions pas grand-chose à nous dire.

L'infirmière — celle qui avait un grain de beauté au menton — entra. C'était mon infirmière de jour. Ce n'était pas laid, cette petite tache rousse ; en fait, c'était plutôt joli, cela concentrait l'attention sur le visage, et le visage n'était pas désagréable.

— Un homme est là qui vous demande, déclara-t-elle.

— Je ferais mieux de m'en aller, dit Myra ; et elle se leva.

— Qui est-ce ? Faites-le entrer.

Teeny entra avant que l'infirmière l'eût appelé. Il croisa Myra qui sortait et la salua d'un signe de tête. Elle lui sourit et s'en alla. Il prit la chaise qu'elle venait de quitter.

— Pourquoi ne m'as-tu pas prévenu ?

— Je ne savais pas. Ça m'a pris tout d'un coup. Et d'ailleurs, qu'est-ce que ça peut te faire ?

— Ne sois pas fâché contre moi.

— Et pourquoi ne serais-je pas fâché ?

— J'ai assez d'ennuis comme ça.

— Je n'arrive pas à te comprendre, Teeny. Qu'est-ce que tu en as fait ?

— Qu'est-ce que j'ai fait de quoi ?

— Oh ! merde !

— Buck — si je pouvais te le dire, je te le dirais, je te jure, je te le dirais.

— Alors, je ne suis pas un homme à qui on peut se confier ? Je suis en mesure de te tirer de n'importe quelle sale situation, bon Dieu ! Pourquoi n'en as-tu pas profité, pourquoi n'en profites-tu pas ? Je suis prêt.

— Ce n'est pas ce qui est parti qui importe ; c'est ce qui m'arrivera si je dis quelque chose.

— Ne parle pas par énigmes, dis-je.

— Je lisais justement un article de critique littéraire, fit-il d'un ton calme et lent, et l'imbécile qui l'avait écrit — il critiquait un livre — disait que le sujet du roman était aussi démodé que les crinolines. Si seulement ils savaient.

— Quoi ?

— Rien.

— Te revoilà, dis-je. Et que deviennent les gosses là-dedans ?

Il se leva d'un bond, se rassit, et répondit :

— Pas de ça, Buck. C'est à eux que je pense tout le temps.

— As-tu pensé à eux quand tu l'as fait ?

— Oui, et c'est ce qu'il y a de plus drôle.

— Ils sont parés ?

— Non, mais c'est pour eux que je l'ai fait.

— Dis donc, tu me fais marcher ?

— Te fâche pas, Buck.

— En tout cas, il s'agit d'une chose malpropre, et je ne te vois pas du tout en train de faire quoi que ce soit d'irrégulier. Moi, c'est pas pareil, et si nous sommes restés si bons amis, c'est probablement parce que nous sommes très différents.

— Différents, Buck ? (Il contemplait son chapeau qu'il avait posé sur ses genoux.) Je ne sais pas ; toi et moi, on est bougrement pareils. La seule différence, c'est que nous ne nous ressemblons pas physiquement et que j'avais des parents qui étaient gentils pour moi.

— Ce n'est pas cela qui aurait pu nous rendre différents.

— C'est pourtant ce qui s'est produit.

— Peut-être bien !

Teeny se leva et se mit à tourner son chapeau entre ses doigts.

— Alors, je vais m'en aller.

— Si tu as besoin d'un coup de main, Teeny... quand tu voudras ; tu le sais.

— Faudra bien que ça se termine un jour. Je tâche de m'ôter ça du crâne et de le retarder le plus possible, mais faudra bien que ça finisse un jour ou l'autre. Alors, à bientôt, Buck.

— À bientôt, Teeny.

Il sortit. L'infirmière traversa la pièce et s'approcha de mon lit ; elle était restée assise sur le rebord de la fenêtre, lisant un livre. Elle arrangea mes oreillers.

— Est-ce que vous voulez vous allonger ? demanda-t-elle.

— Comme vous voudrez, Miss Hert.

Elle baissa l'appui-tête et je restai étendu, les yeux levés sur elle.

— Vous êtes jolie, dis-je.

Elle sourit.

— J'ai déjà entendu ça quelque part.

— Eh bien ! c'est la vérité, dis-je, et je me soulevai légèrement et passai le dos de ma main sur son ventre et ses cuisses.

— Ne vous énervez pas, vous allez vous faire mal, dit-elle en riant.

Je ne retirai pas ma main.

— Les premiers jours, c'est dangereux, ajouta-t-elle.

— Après ?

— Peut-être, dit-elle avec un nouveau rire.

Hizzoner, le maire, arriva en trombe. La minute d'avant, tout était calme, et la minute d'après, c'était le grand tintamarre.

Il avait amené avec lui toute une troupe de reporters qui faisaient un tel boucan, avec leurs éclairs de magnésium et leurs vociférations, qu'il nous était impossible de parler. La fumée du magnésium me fit tousser. J'avais mal, mais les infirmières et les internes étaient tellement surexcités à l'idée de figurer sur la photo qu'ils m'oublièrent complètement.

Le maire s'était, comme d'habitude, arrangé pour ressembler à un mannequin de tailleur. Il ne s'habillait ainsi que depuis son élection ; c'était probablement son ami le commissaire qui lui avait donné des leçons.

En définitive, je ne pus réussir à lui parler ; il s'en alla aussi rapidement qu'il était venu et le calme revint.

Miss Hert ouvrit les fenêtres pour chasser la fumée, ensuite elle vint vers moi et ramena les couvertures sous mon menton.

— Je boirais bien un coup, dis-je.
— Je vais vous chercher à boire, répondit-elle.
— Pas de l'eau, de l'alcool.
— Vous buvez beaucoup ?
— Qu'est-ce que vous appelez beaucoup ?
— Tous les jours ?
— Oui.
— Je ne pense pas que ça nous fasse des ennuis avec le docteur. Je sais qu'il le prescrit quand le malade y est habitué.
— Magnifique ! Quand est-ce qu'on commence ?

— Je descends au bureau. Nous en avons tout un stock.

— Ça sera du cognac, pour moi.

Elle partit et revint un instant après.

— Rien à faire tant que le docteur ne sera pas revenu.

— Merde !

— Vous l'avez dit. Ça ne m'aurait pas été désagréable non plus.

— Quand revient-il ?

— Vers cinq heures.

— On tâchera d'attendre jusqu'à cinq heures, dans ce cas ; mais, ça va être long. Venez m'embrasser.

— Non.

— Allez, venez ! J'ai besoin d'un stimulant.

— Si vous promettez d'être sage.

— *Okay* !

Elle se pencha sur moi, et je vis le grain de beauté descendre, puis je ne le vis plus et je sentis ses lèvres. Soudain elle se redressa et me donna une claque sur la main.

— Pas de ça !

— Allez, quoi...

— Ne faites pas l'imbécile. Vous n'êtes pas encore rétabli.

— Que vous dites !

— Feriez mieux de vous servir du bassin, sinon vous allez vous faire mal.

— Non.

— Il le faudra bien, c'est encore trop tôt. Plus

tard, peut-être. Ça peut attendre. Tenez, prenez le bassin. Allez-y doucement, ne forcez pas. Ça va ?

— Quand est-ce qu'ils vont m'enlever les fils ?

— Il n'y a pas de fils, on ne vous a pas fait de points de suture.

— Qu'est-ce que j'ai ?

— Des petites pinces en argent. Ça se fixe sur les deux lèvres de la cicatrice et ça les serre.

— Quand me les enlèvera-t-on ?

— D'ici trois jours, environ.

— Ça fait mal ?

— Un petit peu.

— Après ça, *okay* ?

— Oui.

Ils enlèvent les petites pinces en argent le cinquième jour. Mon docteur le fit lui-même. Ce n'était pas grand-chose : insérer un petit levier de métal, donner une petite secousse et la pince s'ouvrait sans que j'éprouve aucune douleur. Il replaça les tampons d'ouate et enroula de nouveau les bandes de toile autour de mon ventre.

Le docteur s'en alla et nous laissa seuls, Miss Hert et moi. Elle alla s'asseoir sur le rebord de la fenêtre et ouvrit son livre. Je savais qu'elle ne lisait pas.

— Alors ? fis-je.

Elle eut un rire forcé et dit :

— Alors quoi ?

— Vous le savez bien.

— Je ne sais rien.

— Ne faites pas de manières et venez ici.

— Vraiment, je ne sais pas ce que vous voulez dire... (et elle se leva et s'avança au bord du lit). Qu'est-ce que vous voulez dire ?

Je pris sa main et la forçai à s'asseoir sur le lit. Mon bras passé autour de sa taille, je répondis :

— Je vais vous expliquer ce que je voulais dire.

Et je me mis en devoir de lui expliquer ce que je voulais dire.

Nous restâmes un moment silencieux, puis :

— Vous n'aviez pas besoin d'arracher ce ruban.

— Je suis comme ça, répondis-je.

— C'est pour faire le malin que vous l'avez arraché. Je ne devrais pas vous laisser faire ; vous êtes trop entreprenant.

— Ce n'était pas pour faire le malin. C'est votre cœur, ça ?

— Oui.

— C'est curieux, comme il bat fort.

— Ne vous occupez pas de mon cœur. Attendez un instant, je vais fermer la porte.

Un peu plus tard, alors que j'étais seul, le Yid entra. Je fus surpris de le voir.

— Comment se fait-il ? interrogeai-je.

— Je l'ai vu dans les journaux, alors nous sommes venus immédiatement.

— Nous ?

— Ma légitime et moi. Elle est restée là-haut dans la chambre pour se nettoyer un peu. Nous venons d'arriver — et si ça ne vous fait rien, officiellement, j'suis pas ici. Faut qu'on se mette à chercher un appartement.

— Une des joies de la vie de famille.

— Allez, blaguez pas. Ce n'est pas si désagréable que ça. Attendez de la voir. Vous feriez la même chose.

— Je n'ai jamais eu envie d'une femme au point de me marier avec elle pour l'avoir.

— Nous, c'est différent. Nous... à quoi bon ! Parlons d'autre chose.

Une infirmière entra et entreprit de mettre de l'ordre, cognant bruyamment les bouteilles contre la table en métal.

Le Yid se leva en déclarant :

— Je reviendrai plus tard avec ma femme.

Et il s'en alla.

— Où est Miss Hert ? demandai-je à l'infirmière.

— Elle est malade ; c'est moi qui la remplace ; je suis l'infirmière du service.

— Qu'est-ce qu'elle a ?

— Elle est sujette à des crises cardiaques. Quelque chose de détraqué au cœur. Le moindre petit effort et ça y est.

— C'est dangereux ?

— Chez elle, oui.

— Je vais monter la voir, dis-je.

— Vous n'avez pas le droit de sortir du lit.

— Je vous dis que je vais monter.

— Il n'en est pas question !

Nous discutâmes un moment et je fis semblant de descendre tout seul du lit ; et, finalement, ils amenèrent un fauteuil roulant et m'installèrent dedans.

L'infirmière me poussa le long du couloir jusqu'à l'ascenseur et me laissa seul avec l'employé. Nous montâmes tout en haut. Il me roula jusqu'à une porte qu'il ouvrit et m'introduisit dans la chambre.

Une infirmière était assise sur une malle près de la fenêtre. Miss Hert était couchée sur le lit.

Je la regardai. Bon Dieu, son cœur ! Il faisait un bond énorme à chaque pulsation. Je voyais la couverture se soulever à chaque pulsation. Je voyais la couverture se soulever et retomber et, à chaque coup, ses yeux se retournaient sous ses paupières. Chaque fois que ses yeux se révulsaient ainsi, je grinçais des dents. Je la crus mourante.

— Vous ne pouvez pas vous empêcher de rouler des yeux comme ça ? demandai-je.

Elle ne répondit pas, mais branla lentement la tête de droite et de gauche.

— On s'est trop énervés, dis-je. Je suis navré.

— C'est votre faute, dit l'infirmière qui se tenait assise sur la malle.

Je me mis en colère et répliquai :

— Qui êtes-vous ?

— C'est mon amie. Nous sommes de la même ville. Je suis venue pour veiller sur elle.

— Je ne savais pas, dis-je. Sans cela...

Miss Hert m'interrompit d'une voix haletante.

— Pas de votre faute. Depuis... mari est mort... peux pas m'en passer.

Nous étions là tous trois, silencieux, chacun de nous plongé dans ses pensées, et la malade, peut-être, n'ayant pas de pensées du tout.

Peu après, je demandai :

— Qui est-ce qui va me reconduire en bas ?

— Je vais vous pousser jusqu'à l'ascenseur, dit l'infirmière en se levant de la malle.

— J'espère que ça ira mieux, dis-je à Miss Hert.

Elle ne répondit pas.

Tout le reste de la matinée et durant l'après-midi, je ne cessai de penser à Miss Hert et de demander de ses nouvelles à l'infirmière.

Le soleil se couchait. Je le voyais de ma fenêtre. Les trains aériens se faisaient beaucoup plus nombreux. C'était l'heure d'affluence, celle où les gens rentrent chez eux. Train après train surgissaient dans le virage, toutes lampes allumées, stoppaient, et repartaient. À les regarder, j'oubliai l'infirmière ; elle tourna le commutateur.

— Éteignez cette lumière, dis-je.

— Il y a quelqu'un là, répondit-elle.

Je levai les yeux et aperçus le Yid. Il s'effaça légèrement et dit :

— Ma femme. Beth, je te présente le « chef ».

Elle était splendide !

— Son Dieu, fit-elle à mi-voix.

J'aurais voulu trouver quelque chose d'intelligent ; maintenant que j'y pense, j'aurais pu dire : « Pas tout à fait », mais je n'en fis rien ; je répondis seulement :

— Comment allez-vous ?

L'infirmière mit sa main sur mon front. Sa main me parut fraîche.

— Feriez mieux de partir, dit-elle. Il a de la fièvre.

— J'espère que ça ira mieux, dit Mme Levinson en souriant, et elle sortit avec le Yid.

— Éteignez cette lumière.

— Il faut que je vous fasse un nettoyage à l'alcool.

— Mettez-vous-le quelque part, votre nettoyage à l'alcool ! Éteignez la lumière !

Elle obéit.

Dans l'obscurité, je demandai :

— Comment va Miss Hert ?

— Elle est morte. Il y a de ça une heure, à peu près.

Un silence ; puis moi :

— Enfant de salaud !

Je contemplai la mince bande de lumière qui rayait le ciel à l'endroit où le soleil s'était couché. Beth, si belle, la femme du Yid... Et je fus soudain ramené à des années en arrière, le temps réduit à rien. La nuit est chaude ; je sors du logement étouffant pour aller sur le toit où dorment la plupart des voisins et je m'arrête longuement pour regarder une femme au déshabillé retroussé ; elle est grasse et ressemble à un portrait de Vénus que j'avais vu un jour dans un musée. Les yeux pleins de cette vision, je contourne la grande cheminée pour aller m'étendre dans l'étroit espace qui se trouve derrière, et quelqu'un est là : *Nina*. La lune brille sur elle, sur ses pieds nus, sur ses petits seins ; elle ressemble à une statue de pierre grise, douce au toucher ; je m'agenouille, je la prends dans mes bras et j'embrasse ses seins ; elle s'effraie, mais ma bouche contre la sienne : « Nina, *mia bella angela...* » murmure : « *mia bella angela...* », et la lune projette nos ombres sur la cheminée derrière nous. Et les jours passent ainsi, le toit devient un temple, puis elle disparaît et je retourne dans les bordels. Je ne la vois que des années après : au cours d'une descente dans une maison, elle est prise dans la rafle... et le peu qui me restait m'abandonne.

Il n'y avait plus de lumière quand je levai de nouveau les yeux.

# LIVRE DEUXIÈME

# 6

Je me remis au travail sans avoir pris de repos, et le médecin m'avait dit de me reposer. Avec tout ce que j'avais en tête, je ne pouvais pas rester là à ne rien faire. Lorsque j'essayais, toute une série de visages passaient devant mes yeux : Stein, Big Stem, Wallace, Miss Hert ; puis ces visages se transformaient et se confondaient en un seul : Beth... et Dieu sait que je ne voulais pas penser à elle. Au poste, tout le monde vint me serrer la main et me demander comment j'allais. Je savais que ça leur était égal, mais je répondis : « Très bien », jusqu'à ce que cela m'étant devenu pénible, je monte à mon bureau. Le capitaine Mac Dunn m'accompagnait. J'ôtai mon chapeau et mon pardessus.

— Rien de neuf ? m'enquis-je.

— Pas des masses ; j'ai votre part à la maison.

— ... Me faisais pas de bile pour ça. Je vous connais.

— Merci. Tom Wallace est venu et il a téléphoné. Il voulait vous voir.

— Pour quoi faire ?

— J'suis pas censé être au courant, mais j'ai une idée.

— Quoi ?

— Des faux billets. Quelqu'un vient d'en sortir toute une cargaison pour le match.

— Ça, c'est un nouveau truc.

— C'est du gâteau. Impossible de distinguer les bons des mauvais. La brigade spéciale aura du boulot.

— Vous savez quelque chose sur lui et sur Stein, Mike Stein ?

— Ils sont copains ; Stein se procure les billets chez Wallace ; ses rabatteurs envoient les gens à la succursale qu'ils viennent d'ouvrir juste en face du stade ; ils tiennent un *speakeasy* dans le fond. Nous sommes payés pour les débarrasser des maîtres chanteurs et des concurrents, et tout marche comme sur des roulettes ; c'est une belle petite combine, dans l'ensemble.

— Et sur les biffetons, vous avez une idée ?

— Plutôt !

— Moi aussi, je l'ai, cette idée-là. Donnez un coup de téléphone à Wallace et dites-lui que j'irai le voir demain à dix heures. Dites-lui qu'il s'arrange pour que Stein soit là aussi. J'ai un tas de choses à leur dire à tous les deux.

— Entendu.

Je me levai et pris mon chapeau et mon pardessus.

— Où est le Yid ?

— Je l'ai mis de ronde. Pas la peine de le laisser vadrouiller tout seul.

— Remettez-le en service spécial quand il rentrera... Vous ne l'aimez pas, hein ?

— C'est pas ça. Vous n'avez pas le droit de traiter un pied-plat d'égal à égal.

— Il me plaît ; c'est un compagnon agréable.

— C'est pas juste.

— ... L'ai jamais fait devant personne.

— Non, mais ils savent que vous le favorisez — et un Juif, avec ça.

— Ça va, Mac ; quelle différence est-ce que ça fait ? C'est un brave gosse. Vient juste de se marier.

— Je le sais. Toute la putain de maison le sait, dit-il.

— Ça vous est arrivé d'aimer une femme, Mac ?

— Non.

— Jamais ? demandai-je.

— Jamais, dit-il.

— Pas même quand vous étiez gosse ?

— Non.

— Vous ne me comprenez peut-être pas. Pas quand on est vieux... je veux dire... des gosses, qui ne pensent à rien d'autre qu'à...

Je pensais à Nina, aux nuits chaudes, et à sa chemise de nuit que la transpiration collait à ma peau.

— Je n'ai jamais fait ça, dit-il.

— Vous êtes un menteur.

Il alla se planter à la fenêtre et regarda au-dehors ; puis il se retourna et dit :

— Quand j'étais gosse, tout gosse, je suis tombé dans une cave à charbon.

— C'est moche, dis-je. Quel âge avez-vous ?

— Quarante-deux.

— On vous en donnerait soixante-deux.

— Je le sais bien, dit-il.

Puis, avec un hochement de tête et un clignement d'yeux, il ajouta :

— Dormir dehors, par tous les temps. Oh ! merde ! Quelquefois un type attend longtemps sa chance.

— Vous l'avez dit, Mac. Alors, au revoir.

— Vous ne le raconterez pas, non ?

— Quoi ?

— Cette histoire de cave à charbon.

— Je l'ai déjà oubliée. Buvons un coup pour liquider ça.

Jetant mon pardessus et mon chapeau sur le bureau, j'ouvris un tiroir et en tirai trois bouteilles et deux verres.

— Annoncez votre poison : gin, scotch ou cognac ?

— Scotch.

— Patriote, Mac ?

— Au diable, le patriotisme.

Je descendis la rue et, quelques blocs plus loin, je tournai dans l'avenue. La nouvelle agence pour la vente des billets était située juste en face du stade. J'entrai dans la boutique et demandai Big Stem James. On me répondit qu'il n'était pas là, mais que je le trouverais peut-être à l'autre agence.

Je m'acheminai jusque-là, à travers le quartier des théâtres, et m'adressai à un des jeunes gens qui se tenaient derrière un comptoir encombré d'appareils téléphoniques :

— Big Stem est dans les parages ?

— Non, il ne vient pas le matin. Qu'est-ce que vous voulez ? Vous en voulez une paire ? Je peux vous arranger ça.

— Non, je ne veux pas de billets.

— Vous êtes l'inspecteur Saliotte ?

— Oui.

— Une fois, je vous ai procuré toute une rangée de fauteuils.

— M'en souviens pas, dis-je.

— Ça n'a pas d'importance. Je voudrais vous parler, inspecteur, mais d'homme à homme.

— Quoi... ? C'est bon.

— Il y a trois ans, j'ai obtenu un permis de port d'arme du district. L'année dernière, je n'étais pas là pour le faire renouveler ; alors j'ai fait ma demande cette année. Un flic s'est amené et peut-être parce que ma façon de me peigner ne lui plaît pas ou parce que ma signature est trop lisible, voilà qu'il la rejette. Maintenant, le revolver m'encombre, je voudrais m'en débarrasser.

— Où est-il ?

— Chez moi.

— Apportez-le.

— J'ai peur de me faire ramasser.

— Enveloppez-le dans un journal, comme un paquet. Vous n'aurez qu'à me demander. Si je ne

93

suis pas là, demandez M. Schlegel, c'est mon secrétaire civil. Laissez-le-lui.

— *Okay*, inspecteur. Voilà l'adresse du Jamesie. Vous le trouveriez sans doute là maintenant ; il ne se lève jamais avant l'après-midi. C'est la chambre 913.

Je pris l'adresse et je sortis. Ce n'était pas très loin.

En chemin, je m'arrêtai devant l'étalage de Monk. Il sortit de derrière son stand et vint me serrer la main.

— Comment va, Looey ? dit-il en se torchant le nez d'un geste qui découvrit ses grandes narines. (Et j'te renifle et j'te renifle.) J'ai vu les journaux, ajouta-t-il.

— Ça va, Monk.

— J'aurais pu vous épargner un tas de pognon et d'ennui.

— Comment ?

— ... Collier d'ambre, dit-il.

— ... Collier d'ambre ?

— Oui. Le docteur Wiley — il est mort maintenant — l'a dit à ma sœur. C'est à ne pas croire. Les voisins de ma sœur ; un gosse claque en un jour de temps : le croup ; l'autre tombe malade ; et le docteur Wiley, il dit : un collier d'ambre autour de son cou ; et en moins de deux le v'là sur pied. C'est à ne pas croire. Tenez, regardez ça, dit-il en désignant une tache noire sur sa lèvre. J'arrache trois poils, j'attrape un empoisonnement du sang et je manque d'y passer ; un collier d'ambre me tire d'affaire. Je vous aurais bien prêté le mien.

— Dommage, dis-je. T'es un bon mec quand même.

— Je suis un couillon.

— T'es un bon mec.

— Le journal ! Prenez un journal, chef ?

— Une autre fois, Monk, dis-je.

Et je le quittai, suivant le trottoir jusqu'à l'hôtel borgne où logeait Big Stem.

Sans m'arrêter au bureau, j'entrai directement dans l'ascenseur qui me transporta au neuvième étage. Je dus frapper plusieurs fois à la porte avant d'obtenir une réponse. Un Big Stem en pyjama sale vint m'ouvrir et me fit entrer. Il y avait une femme qui dormait dans le lit. Il me fit signe de parler bas.

— Elle est fatiguée, dit-il. Elle a failli se faire ramasser dans une rafle hier soir.

— Tu fais le barbeau, en plus ?

— Bon Dieu, non.

— Qu'est-ce qu'elle fait ici, alors ?

— Ben quoi, je suis son homme ! J'ai pas besoin de son fric. J'ai tout ce qu'il me faut.

— Depuis quand ?

— Oh ! quoi, cap, je me tiens à carreau, maintenant.

— T'as trouvé ce que je t'ai demandé ?

— Et alors ! dit-il en se dirigeant vers la commode. (Il ouvrit un tiroir et en sortit un papier.) Voilà.

— Comment te l'es-tu procurée ?
— J'ai filé la petite.

La femme couchée dans le lit ouvrit les yeux et dit :

— Un de ces jours, tu vas te faire assaisonner à cause de ta grande gueule.

— Oh ! quoi, Mame chérie, je lui ai rien dit d'autre que ce que tout le monde sait.

— C'est bon, gros malin. Toujours à en installer et à montrer comme tu es bien renseigné, et tous les gros bonnets avec qui tu es en affaires. Un de ces quatre matins, y aura plus de Big Stem.

— Le cap et moi, on est de vieux amis, Mame, dit-il et, jetant un regard circulaire : C'est plus comme c'était avant, hein, cap ?

La femme se mit en colère :

— Pas moyen que tu l'oublies ?

— Non, je ne peux pas, dit-il. Et laisse-moi te dire une chose : si je suis encore comme ça l'année prochaine, je me supprime.

— Passe la main ; qu'est-ce que t'attends pour le faire ?

Pendant qu'ils se disputaient, je retournai le carton pour voir ce qu'il y avait derrière : c'était la photo d'un enfant qui ne pouvait avoir plus de cinq ans. James vit que je la regardais.

— Un fameux gaillard, hein ?

— Un gentil garçon, dis-je.

— Je n'ai pas besoin de vous l'entendre dire : j'en sais quelque chose, peut-être ! C'est mon fils ! Comment que je devrais avoir honte — et une mère gentille avec ça... Je lui fais une pension de quinze dollars par semaine. Faut vraiment que je sois le dernier des cochons ! Vous ne saviez rien de tout ça, hein ?

— Fumier de cheval ! conclut la femme.

Le lendemain matin, à dix heures, j'errais avec le Yid dans les couloirs du stade. Nous nous arrêtâmes afin d'examiner quelques-unes des photos qui ornaient les murs. Elles étaient toutes pareilles : la même expression dans le visage, les mêmes nez aplatis, les mêmes oreilles en chou-fleur et le même effort chez le photographe pour faire ressembler un boxeur professionnel à un athlète grec. Quelqu'un (la même cervelle, j'imagine, qui avait pensé à payer les arbitres) avait eu l'idée de décorer les murs ; la dernière fois que j'étais venu, c'était tout ciment et béton, ce qui cadrait parfaitement avec l'ensemble ; maintenant, cela ressemblait à un dancing. Des murs peints en faux marbre n'ont pas l'air d'autre chose que de murs peints en faux marbre.

Un homme s'avançait dans le couloir ; il était grand et boitait tellement qu'il lui fallait le soutien d'une canne. Je le connaissais de vue, mais je n'aurais su dire où je l'avais rencontré. Comme je l'arrêtais pour lui demander où se trouvait le bureau de Wallace, il me dit :

— Qui vous a envoyé par ici ?

— Le flic de service à la porte.

— Il n'est pas à la maison ; il n'est ici que pour le match ; il ne peut pas savoir. Vous n'avez qu'à sortir et, en tournant le coin, vous trouverez les bureaux de la direction.

— Merci, dis-je, et son visage se plissa dans un sourire amical.

Je lui rendis son sourire.

Après nous avoir montés, le garçon d'ascenseur nous désigna le bureau. Nous entrâmes : une corpulente dactylo était assise devant sa machine. Quand je lui eus dit qui j'étais, elle poussa une porte marquée : *Entrée interdite*, ressortit presque aussitôt et nous pria d'attendre quelques minutes.

Je murmurai à l'oreille du Yid :

— Qu'est-ce que ça te dirait de rencontrer ça en chaleur, dans l'obscurité ?

Il répondit quelque chose en yiddish.

— Qu'est-ce que ça veut dire ?

— Dieu m'en préserve.

— Redis-le encore.

Il le fit et je répétai les mots après lui.

Je fis le tour de la pièce tout en examinant les portraits et les trophées. Une des photos m'apprit qui était le boiteux que j'avais rencontré — quel qu'il fût par ailleurs, Wallace n'oubliait jamais un ami —, c'était l'homme qui lui avait avancé de quoi venir tenter sa chance en ville.

Une sonnerie retentit et la dactylo me fit signe d'entrer. J'ouvris moi-même. Wallace était assis devant son bureau, Stein dessus, et un autre homme que je reconnus tout de suite se tenait près de Wallace et lisait une lettre à mi-voix, marmottant de façon inintelligible.

— Parfait, dit-il en tendant la lettre à Wallace qui la signa.

Stein descendit de son siège improvisé. Il était petit et mince, et ses cheveux noirs et luisants étaient peignés en arrière et aplatis par la brosse.

— Inspecteur, M. Reincad, fit-il en manière de présentation.

— Je connais M. Reincad, dis-je. Il a une fois construit une école dans mon district.

— Laquelle ? interrogea Reincad.

Il parlait du nez et ses grosses bajoues tremblotaient lorsqu'il ouvrait la bouche.

— Au coin de Union et Center.

— Oui, c'est moi qui l'ai bâtie.

— Asseyez-vous, inspecteur, dit Wallace.

Je m'assis.

— M. Reincad organise une fête de bienfaisance. Tenez, Reincad, dit-il en lui tendant la lettre.

Reincad la ramassa et la relut.

— Ça va, fit-il.

Il glissa la lettre dans sa poche, mit son pardessus et son chapeau, dit au revoir et s'en alla.

— Elle est raide ! fit Stein. Ce mec-là ne sait ni lire ni écrire, seulement signer son nom. Il ne veut pas l'admettre, alors il baragouine tout haut comme s'il se la lisait.

— Il a bien raison, dis-je.

J'étais prêt à me disputer avec Stein à propos de n'importe quoi.

— Très juste, Saliotte, dit Wallace. Il a bien raison : il vient de Russie à fond de cale, vend des journaux, glane ses repas dans les boîtes à ordures — il me l'a dit lui-même — et maintenant les Soviets lui offrent cent quatre-vingt-dix millions de dollars pour quarante années de travail.

— Ils ne les paieront jamais, fit Stein.

— Il n'est pas assez bête pour accepter, répliqua Wallace. Pourquoi m'avez-vous demandé de faire venir Stein, Saliotte ?

— Il aurait été là de toute façon, et puis je voulais que vous sachiez que je suis au courant.

— Au courant de quoi ?

— De tout ce que vous me direz. Allez-y.

— À quoi veux-tu en venir ? demanda Stein.

— Moi ? À rien ; je prends les devants, c'est tout. Et maintenant, allez-y de votre complainte ; je vous écoute.

— C'est en qualité de représentant de la loi que je vous ai demandé de venir ici, commença Wallace.

— Non, sans blague ?

— Nous sommes dans le pétrin. Quelqu'un a lâché toute une cargaison de faux billets ; ça va faire du vilain.

— D'où viennent ces billets ?

— La plupart proviennent des revendeurs.

— Où les ont-ils eus ?

— Ils disent les avoir achetés au bureau de location ; ils ne manquent pas de toupet, les salauds !

— Qu'est-ce que vous voulez que je fasse ?

— Nous demandons ce que nous sommes en droit d'attendre, fit Stein : qu'on nous défende contre les faussaires.

— Pourquoi ne vous adressez-vous pas à votre ami de la mairie ?

— Pas besoin.

— Écoute, Stein ; on a été longtemps copains, toi, moi et Tim. Depuis quelque temps, vous avez changé, vous deux ; je ne vous vois plus souvent. Sous prétexte que je ne suis plus avec vous, faut pas vous imaginer que je suis devenu idiot comme ça tout d'un coup. Je sais encore voir quand quelqu'un veut m'en mettre plein la vue, pour que je ne m'aperçoive pas de ce qui se passe à côté.

— Vas-tu m'expliquer ce que tu veux dire, nom de Dieu ? s'écria Stein.

Il était très en colère et sautillait à travers la pièce à la façon d'un geai.

— Tu le sais, dis-je.

— Minute, fit Wallace, impassible. (Il ne se départait jamais de son calme.) Voudriez-vous avoir la bonté de vous expliquer, inspecteur ?

— Je suis tout prêt à marcher dans la combine, mais à condition que vous soyez francs. Vous savez très bien que ces billets ont été distribués par le bureau de location ; il n'y a que les revendeurs connus qui ont pu en avoir. Celui qui a manigancé ce truc-là — et je crois savoir qui c'est — a fait du beau boulot ; vous éliminez la concurrence et c'est deux cent cinquante mille dollars qui vous tombent dans la poche, moins la commission à l'agence. Stein, je suis tout prêt à te tirer mon chapeau et à m'incliner devant toi.

Il sourit et se tourna vers Wallace ; ce dernier fit un signe de tête affirmatif et dit :

— Si on vous mettait dans le coup — et notez bien que je ne dis rien — qu'est-ce qui arriverait ?

— Y a-t-il un moyen de reconnaître les faux des bons ?

— La clé qui figure sur le cachet est légèrement tordue, sur les faux.

— Ça va. D'abord on fera passer les trafiquants à la fouille.

— Ne les gardez pas, intervint Wallace.

— Soyez tranquilles ; le soir du match, la brigade spéciale et la brigade des gaz feront le reste.

— Vous en êtes, déclara Wallace.

— Et les journaux ?

— Les reporters trouveront leur enveloppe habituelle au bureau de location ; ils se tiendront tranquilles.

— Et qu'est-ce que je touche ?

— Dix pour cent, répondit Stein.

— Sur quoi ?

— Faut que tu te fies à nous.

Je me mis à rire :

— Je m'en rapporte à Wallace, pour ça ; pas à toi, dis-je.

Je leur serrai la main, pris mon chapeau et dis :

— Stein, je voudrais te dire deux mots en particulier.

— Très bien, dit-il en m'emboîtant le pas.

Avant d'ouvrir la porte, je me retournai vers Wallace :

— Comment se fait-il que tous les gros parieurs aient misé sur Tierney ?

— Il est en meilleure forme que l'an dernier, répondit Wallace.

— Peut-être, dis-je en le regardant droit dans les yeux.

Puis je sortis et Stein me suivit. Dans le couloir, il me demanda :

— Qu'est-ce que tu veux, Buck ?

— Une seconde, dis-je. Yid, va voir un peu ce qui se passe par-là.

Le Yid comprit et s'éloigna.

— T'es toujours ami avec Tim ?

— Oui.

— Il va avoir l'occasion de prouver quel genre d'amitié il a pour toi.

— Comment ça ?

— Pour trois motifs : numéro un, faux billets ; numéro deux, corruption d'arbitre ; numéro trois, Rose Moore.

Quand j'eus lâché le nom, il devint livide et s'appuya contre le mur.

— Espèce de salaud de vendu ! fit-il.

— C'est toi qui es vendu, Stein, personne d'autre.

— Qu'est-ce que tu veux ?

— Tu le sais bien, ce que je veux. Tu n'as qu'à aller trouver Tim. Pour un maire, c'est du propre de fréquenter un type comme toi ; ça ferait un beau scandale dans les journaux, à la Ligue de protection de l'enfance, et tout le reste... Rien que pour ne pas être mêlé à ça, il marchera.

Je le laissai debout dans le couloir.

# 7

Je calculais le temps d'après le nombre de jours qui me séparaient du grand match : et ce fut juste trois semaines avant cette date que Teeny vint me voir. C'était un matin et, comme le soleil illuminait la pièce, je voyais les muscles de son visage se contracter nerveusement. Son regard fit le tour de la pièce pour s'assurer que j'étais bien seul. (Le Yid arrivait toujours tard depuis son mariage.)

— Assieds-toi, Teeny, et ne te fais pas tant de mauvais sang, dis-je.

Il s'assit, mit son coude sur le bureau et appuya sa joue dans sa main.

— Fini, dit-il.

— Quoi ? T'es au bout de ton rouleau ?

— Oui. On m'a tuyauté : le commissaire aux comptes vient la semaine prochaine.

— Alors, je t'écoute, Teeny !

— Dieu de Dieu !... (Et il se met à pleurer.)

Je le laissai pleurer sans rien dire. Certains hommes sont comme ça ; moi, j'étais déjà desséché bien avant d'avoir su à quoi servaient les larmes. Bientôt, il se calma. Ses cils étaient mouillés, son visage était strié de traces humides.

— J'imagine que je devrais commencer par la même vieille formule : « Quel imbécile j'ai été ! » dit-il. Je ne me trouve à moi-même aucune excuse. Si je te disais mon excuse, tu me croirais devenu cinglé.

— Dis-la.

— J'aime ma femme, d'abord, mets-toi bien ça dans la tête. Elle a toujours été une brave femme et une bonne mère, bon Dieu, et je l'aime.

Il me regarda, tourna les yeux vers la fenêtre et continua :

— On peut aimer une femme et n'être pas satisfait, et c'est ça mon excuse.

De nouveau, il y eut un long silence. Puis :

— Ils m'ont tendu un piège... une femme. Belle, Buck, elle était belle comme peut seule l'être une femme faite pour la boue. Je me suis saoulé comme un cochon, comme un dégueulasse, et je ne me suis rien rappelé jusqu'à mon réveil à l'hôtel ; elle était encore là, près de moi. Ce jour-là, quelqu'un est venu me trouver avec une photo. (Les larmes recommencèrent à couler.) J'ai failli vomir ; je n'arrivais pas à croire que c'était moi ; je n'aurais jamais cru être capable de ça ; c'était pourtant bien moi. J'avais été possédé. (Une nouvelle pause.) J'ai signé des traites et je les paie. J'en ai une à payer demain.

— Qui est-ce ? demandai-je.

— Je ne peux pas te le dire. Je n'ai jamais revu

la femme depuis ce jour-là. Je ne sais pas qui est derrière ; j'ai affaire à un intermédiaire.

— Qui est-ce ?

— Je ne peux pas te le dire, Buck.

— Pourquoi ?

— Il arrivera quelque chose de pire.

— Il ne peut rien t'arriver de pire ; et si je les poisse, je m'arrangerai pour qu'ils ne puissent pas parler.

— Ça n'empêchera rien.

— Comment veux-tu que je t'aide si tu ne veux pas l'ouvrir ?

— Tout ce que je te demande, c'est d'envoyer un homme à la maison et de l'y faire rester jour et nuit.

— Ils t'ont menacé ?

— Non, mais ils en sont capables. Je vais laisser protester la traite ; ça sera toujours ça de moins que la banque aura à payer, au bout du compte. J'aurais dû le faire tout de suite, mais — tu sais ce que c'est — la peur de regarder les choses en face. (Silence.) Mes gosses, bon Dieu ! Mes gosses !

— Et toi ?

— Ils ne toucheront pas à leur bifteck.

— Ça va. J'envoie un homme chez toi demain. C'est en dehors de mon district, mais j'enverrai quelqu'un en qui on peut avoir confiance : le Yid ; tu le connais ? Au lieu de deux hommes qui se relaieraient, vaudrait mieux que tu le nourrisses et que tu le fasses coucher là.

— Je tâcherai d'arranger ça sans alarmer la patronne.
— Quand la traite sera-t-elle protestée ?
— Demain.
— Si tu as besoin d'argent ?...
— Non.
Le Yid entra, l'air fatigué ; ses yeux étaient cernés.
— Le régime ne te convient pas ? dis-je.
— Trop, fit-il en riant.
— Tu vas pouvoir te reposer.
— Comment ça ?
— Tu sais où habite Tinevelli, dans l'Île ?
— Hum...
— Tu iras là-bas demain et tu y resteras. Garde l'œil sur la bonne femme et sur les mômes, surtout la nuit. Et garde ton revolver sous la main.
— Merde ! et moi qui viens juste de me marier.
— Y en a pas possible rien faire, Yid. Prends la journée et rattrape-toi. Sois là-bas demain dans la matinée et ne t'en vas pas avant que je te le dise. Je t'amènerai ta femme une ou deux fois pour que tu ne dépérisses pas.

Quatre jours passèrent. Je les avais employés à dépouiller les trafiquants qui étaient en possession de faux billets. On ne leur disait pas que les billets étaient faux ; on les arrêtait, on confisquait leur stock, puis on les amenait devant le juge comme cela se pratique d'habitude. Si les billets étaient bons, je les faisais remettre à Wallace et lui les revendait ; s'ils étaient faux, je les faisais disparaître ; j'en gardai toutefois quelques-uns : je savais qu'il me serait facile de retrouver l'imprimeur.

Le Yid m'appela au téléphone, dans le courant de la matinée de son cinquième jour de garde ; il avait l'air furieux.

— Il n'est pas rentré de la nuit, dit-il.
— Qui ?
— Tinevelli. Je m'en fous ; on ne m'a pas dit de lui servir de nourrice, mais c'est la vieille qui commence à me taper sur le système.
— As-tu téléphoné à la banque ?
— Oui ; ça ne répond pas.
— Tu es sûr qu'ils donnaient le bon numéro ? Ils sont tellement bêtes.
— Tout à fait sûr. Je l'ai demandé deux fois de suite. La seconde fois, ils m'ont dit que la ligne était momentanément suspendue.
— Préviens la patronne que je vais m'arranger pour le trouver ; peut-être qu'il est resté en ville et qu'il a oublié de téléphoner.
— Je croyais que vous deviez m'amener ma femme ?
— C'est donc ça qui te démange ?
— Ça ne me démange pas.

Appuyant ma joue contre le récepteur, je contemplai vaguement le mur derrière le bureau.

— Allô ! vous êtes là ? dit-il croyant que nous avions été coupés.
— Je serai dehors toute la journée, que je le trouve ou que je ne le trouve pas, dis-je.
— Vous penserez à ma femme ?

— Je te l'amènerai, sois sans crainte.
— À part ça, c'est le filon ici ; on bouffe bien, j'ai une chambre épatante. Dites donc, est-ce que ma femme ne pourrait pas venir habiter ici aussi ?
— Tu es de service, figure-toi. Alors, si je te mettais de planton quelque part, la nuit, il te faudrait aussi ta femme et ton lit ? Tu ne ferais pas mal de te modérer. Tu as l'air complètement esquinté.
— Quand j'aurai votre âge...
— Ne fais pas le plaisantin. Je peux encore te rendre des points.
— Ce n'est pas ce que je veux dire ; je sais que vous en seriez capable. Oh ! et puis merde, quoi — je suis fou d'elle.

J'éclatai de rire dans le téléphone.

— Allez vous faire foutre ! s'exclama-t-il.
— Après que je t'aurai amené ta chérie, ou avant ?
— Après.
— Je vais sortir — elle ne sera peut-être pas à la maison ?
— Elle y sera.
— Bon Dieu ! Quelle confiance ! dis-je.
— Ne commencez pas avec vos boniments.
— Calme-toi, ma colombe.
— Alors, vous vous figurez que je la laisserais sortir avec vous si je n'étais pas sûr d'elle ? Je ne vous confierais seulement pas une poupée de caoutchouc.
— Voilà que tu deviens gâteux. Ne sois pas gâteux, dis-je.

— Si on raccrochait ?
— Bonne idée.
— Vous amènerez ma femme ?
— Oui, bon Dieu ! Oui !

Je le laissai raccrocher, puis je rappelai la téléphoniste et lui donnai le numéro de la banque. Au bout de quelques secondes, une autre voix m'annonça que la ligne était momentanément interrompue.

— C'est la police qui est au bout du fil, dis-je.
— Une minute, s'il vous plaît, je vais vous passer le directeur.

Le directeur me dit qu'il était navré, mais que la ligne avait été interrompue à la demande de l'abonné, et qu'il n'y pouvait rien. Je le remerciai et raccrochai.

Il était midi lorsque je pus enfin quitter le bureau. Il faisait bon dehors, pour la saison ; le soleil luisait et c'était amusant de regarder les passants : ceux qui prenaient le trottoir ensoleillé marchaient d'un pas nonchalant, tandis que ceux qui marchaient à l'ombre avaient tous l'air pressé.

Je ne garais pas ma voiture dans le garage réservé à la police, mais dans un garage privé situé à quelque distance de là. J'en pris le chemin et, tout en marchant, je pensais à la femme du Yid ; je m'efforçais de penser à Teeny, mais cela m'était impossible : c'était elle qui revenait tout le temps.

Je sortis ma voiture et m'ouvris lentement un passage parmi l'encombrement de la rue. Comme il faisait beau, il y avait plus d'autos que d'habitude ; quand j'étais en tête, ma plaque de police m'évitait d'attendre aux carrefours, mais lorsqu'il y avait d'autres voitures devant moi, j'étais forcé de faire comme les autres. À mesure que j'avançais vers l'est, la circulation devenait moins dense, ce qui me permettait d'aller plus vite et, lorsque j'atteignis l'avenue qui mène en ligne droite vers la Petite Italie, j'appuyai sur l'accélérateur et fus bientôt arrivé.

Il y avait un rassemblement devant la banque ; la porte d'entrée était fermée et un avis s'y trouvait apposé ; un individu était en train de le lire à haute voix à un groupe de gens qui venaient s'attrouper autour de lui. L'un deux, un Italien porteur d'une énorme moustache qui cachait la moitié de son visage, fit une réflexion malveillante en italien. Une femme accourut vers eux et se mit à proférer des imprécations, montrant une connaissance des dépravations sexuelles que seules les pouffiasses italiennes les plus endurcies possèdent. Elle tirait la langue et faisait avec les mains et les doigts des gestes extrêmement suggestifs, accompagnant le tout d'accusations directes contre les mœurs de Teeny, de sa femme, de ses proches parents et même de gens qui n'avaient qu'un très vague lien de parenté avec lui.

Je descendis de voiture et me frayai un passage jusqu'à la porte ; quelqu'un dut me reconnaître, car ils cessèrent de brailler, chuchotèrent encore un peu, puis devinrent silencieux.

Je lus l'avis : les déposants étaient avertis que les commissaires aux comptes fermaient la banque afin de procéder à un inventaire complet.

Je cognai plusieurs fois ma grosse bague contre la porte, mais personne ne répondit. Je continuai de frapper et, finalement un homme parut derrière la vitre ; il avait l'air furieux et me fit signe de partir, mais lorsque je lui eus montré mon insigne, il s'en alla et revint avec un autre personnage qui tenait la clé à la main. Ils me firent entrer ; je refermai la porte avec fracas comme si j'avais craint qu'une horde ne se ruât derrière moi. Je me retournai : dehors, la foule n'avait pas bougé.

— Est-ce que M. Tinevelli est là ? m'enquis-je.

L'homme qui était venu en dernier me jeta un regard soupçonneux et répondit :

— Certainement pas.

— Vous savez où je pourrais le trouver ?

— Pouvez-vous nous le dire ? Nous voudrions bien le savoir.

— Que se passe-t-il ?

— Vous êtes le capitaine du district ?

— Je suis l'inspecteur Saliotte.

— Eh bien... après tout, il n'y a pas d'inconvénient à ce que je vous le dise.

— Me dire quoi ?

— Nous avons un mandat d'arrêt contre Tinevelli.

— Pourquoi ?

— Escroquerie.

— Combien êtes-vous à le savoir ?

— Nous deux et le juge.

— Quel juge ?

— Campiglia.

— Si c'est lui, ça va, dis-je. Pourrait-on s'arranger ? Tinevelli est mon ami.

— Je crains qu'il ne soit trop tard pour cela.

— Comment ?

— Ce n'est pas le découvert ; ses traites seraient couvertes s'il donnait son avoir personnel en gage.

— Alors, pourquoi le mandat d'arrêt ?

— Fausses garanties ; sur des chèques, des chèques bancaires. Ils ont été émis il y a quelques jours dans une douzaine de petites villes des alentours, et on n'a pas trouvé de comptes correspondants ici. C'est Tinevelli lui-même qui les a certifiés. Ils portent sa signature.

— Et les endos ?

— Faux ! Certains ont été donnés en paiement de marchandises ; la compagnie Anita Mills a livré pour trente mille dollars de lingerie de soie à deux individus qui l'ont payée avec un des chèques. Qui ne l'eût fait ? Je crains bien que l'affaire que vous désirez arranger ne soit autre chose qu'un vol, monsieur Saliotte.

— Si vous le trouvez, voulez-vous me téléphoner au poste de la Quarante et unième Rue avant qu'il soit bouclé ?

— Je crois que je peux faire ça.

— Merci.

Nous nous serrâmes la main et il m'accompagna jusqu'à la porte qu'il m'ouvrit. La foule était toujours là ; elle s'écarta pour me livrer passage. L'homme à la grosse moustache me suivit jusqu'à mon auto et me demanda en italien s'ils allaient perdre leur argent. Ils étaient pauvres, m'expliqua-t-il ; la police ne pouvait-elle s'arranger pour qu'on leur fît rendre leur argent ? Il avait cinq enfants à la maison et venait d'en faire un autre qui était encore dans le ventre de sa mère. La police ne pouvait-elle pas faire rendre l'argent ? Il avait sué le sang (quand les Italiens suent, ce n'est jamais de l'eau, c'est uniquement du sang) pour rassembler quelques dollars. De grosses larmes inondèrent ses joues et sa moustache, et son nez se mit à couler aussi. Il l'essuya d'un revers de manche en déclarant qu'il avait droit à la justice. Les autres, des étrangers, ajouta-t-il, avec un geste de la main pour marquer son mépris ; eux n'avaient pas droit à la justice. Lui était un citoyen ; il exigerait que la police lui fît rendre son argent.

Je lui dis de la fermer, que tout allait très bien. Il sourit et, la morve au nez, courut rejoindre les autres et se mit à leur parler avec volubilité.

Je démarrai.

# 8

Il était tard dans l'après-midi lorsque je stoppai ma voiture devant l'immeuble où logeait le Yid. Je descendis du côté de la chaussée car une voiture d'enfant encombrait le trottoir devant l'autre porte.

La maison était semblable à toutes les maisons d'habitation des quartiers excentriques. Elle avait été construite avec l'idée d'entasser le plus d'appartements possible dans l'espace disponible. L'entrée était constituée par un passage qui semblait avoir été découpé dans le milieu de la maison, une fois la construction terminée. J'y pénétrai, et c'était tellement étroit que la lumière diffuse de cette fin d'après-midi n'y entrait qu'à peine et que je dus flamber une allumette afin de pouvoir lire les noms gravés au-dessus des boutons. Je tins la porte ouverte pendant que j'enflammais une deuxième allumette. L'appartement avait le numéro 19. Je montai et la trouvai sur le pas de sa porte.

— Hello ! dis-je.

— Hello ! Inspecteur. Entrez donc.

J'entrai et restai debout dans l'étroit vestibule — tout était étroit dans cette maison.

— Je vais voir Henry, dis-je. Je lui ai téléphoné et il m'a demandé de vous amener avec moi.

— Tout de suite ?

— Tout de suite.

— Mais je ne suis pas habillée.

Je la regardai et je souris :

— Vous avez une robe sur vous.

— Oui, mais je ne suis pas habillée pour sortir.

— Personne ne vous verra.

— Il n'y a personne là-bas ?

— Seulement la femme et les gosses.

— Je vais m'habiller tout de même. Ça ne me prendra que quelques minutes.

— Allez-y ; je ne suis pas pressé.

— Entrez donc vous asseoir.

Je la suivis dans le salon, et ce n'était pas si mal. Je savais que le Yid n'avait pas eu grand-chose à dire quant à la décoration de l'appartement. C'était très agréable.

— J'en ai un, dis-je en désignant le piano à queue.

— Vous jouez ?

— Non. Quand j'ai... euh, du monde chez moi.

— Je joue un peu, fit-elle. Asseyez-vous.

Je m'installai sur le sofa ; elle s'en alla dans sa chambre et referma la porte.

En face de moi un tableau était accroché au mur, au-dessus d'une table. Je me levai et m'en approchai afin de mieux le voir. Les couleurs avaient attiré mon regard. C'était une femme et un homme se détachant sur un fond de marbre ; la femme était en noir et l'homme en rouge ; il la tenait par la main et devait être en train de lui en conter de belles, car elle avait une expression lointaine dans le regard.

Et tout d'un coup cela m'envahit ; c'était cela que j'avais combattu. Eh bien ! tant pis. Il y a de ces choses qui s'imposent et pour lesquelles on ne peut pas en vouloir à un homme. Aussi me laissai-je aller et ma pensée était avec elle dans la chambre. J'étais comme un jeune puceau qui attend son tour dans l'antichambre, effrayé et excité à la fois.

Elle parut, habillée pour sortir, et je décidai qu'elle était non pas jolie, mais adorable (c'était le mot que je cherchais), pareille à une madone. Elle ressemblait plus à la Sainte Vierge que toutes les femmes que j'avais vues. « Après tout, me dis-je, rien d'étrange à cela : Dieu a choisi une Juive pour son aventure amoureuse. » (Curieux : penser à la mère de Dieu et à l'adultère en même temps.)

— Je suis prête, dit-elle.

— Il est gentil, votre appartement, fis-je.

— Je l'ai arrangé le plus confortablement possible ; je voulais que ça fasse intime.

— Il est très bien.

— Oui, il y a des gens qui meublent leur appartement pour leurs invités ; moi, c'est pour mon propre plaisir.

Nous sortîmes et elle ferma la porte à clé.

Il faisait nuit lorsque nous arrivâmes dans la rue.

Elle monta à côté de moi et, en manœuvrant le levier des vitesses pour démarrer, ma main toucha sa jambe ; je m'excusai, mais elle me dit que cela ne faisait rien.

Tout en conduisant, je lui demandai :

— Comment trouvez-vous la grande ville ?

Elle réfléchit un instant et répondit :

— C'est comme une prison dans laquelle on se sent étrangement libre.

« En voilà des boniments ! » pensai-je.

— Comment expliquez-vous que ça puisse être les deux à la fois ? demandai-je.

— Les maisons sont comme des prisons : des centaines de gens les uns sur les autres, les rues sans arbres...

— Où est la liberté là-dedans ?

— On ne se sent pas observé ; personne ne se mêle de vos affaires. Dans une petite ville, on est obligé de faire attention à tout ce qu'on fait ; en moins d'une minute, le téléphone porte la nouvelle aux quatre coins du pays. Même la façon dont on s'habille offre de l'intérêt. Si vos stores sont baissés, vous cachez des choses terribles. Ici, personne ne vous connaît. Même si on faisait des choses terribles, personne ne le saurait ni ne s'y intéresserait.

— Oui, dis-je, pensant aux femmes que j'avais vues assises près de leurs voitures d'enfant, devant la maison.

Nous restâmes un moment silencieux ; puis, je dis :

— Avez-vous déjà eu envie de faire quelque chose de terrible ?

— Cela dépend de ce que vous entendez par terrible.

— Rien n'est terrible pour moi, dis-je.

— Certaines choses le sont.

— Non ; rien du tout. Ce que nous faisons, eh bien ! nous le faisons parce que c'est en nous. Vous comprenez ce que je veux dire ?

— Congénital ?

— Comment ?

— De naissance ?

— C'est ça — de naissance, dis-je. Je ne peux pas m'empêcher de faire certaines choses.

— Alors c'est que vous mettez votre appétit, votre ventre, là où votre tête devrait être. Le cerveau doit gouverner le corps.

— C'est cela ; mon cerveau pense et mon corps obéit.

— Alors c'est que vous pensez de travers.

— Je ne suis pas responsable de ce que je pense ; on dirait que tout ce qui m'entoure a été fait spécialement pour m'exciter.

— Ça ne regarde que vous, dit-elle.

Je me mordis la langue ; j'avais fait fausse route.

Une fois sortis de la ville, sur la route lisse, nous gardâmes le silence. J'aime conduire la nuit. Sur les routes bitumées, on dirait que quelque chose arrive continuellement sur vous, sans jamais cesser ; on ne peut rien voir d'autre, à part peut-être, de temps à autre, la lisière — buissons et arbres — d'un bois. J'allais très vite, ralentissant dans les agglomérations.

Je virai dans l'allée conduisant au perron de la maison de Teeny. La lampe, placée au-dessus de l'entrée, éclairait le sol d'ardoise rouge de la terrasse ouverte qui ornait la façade de la propriété.

La porte s'ouvrit et le Yid descendit les marches en courant.

— Je croyais que vous n'alliez jamais venir, fit-il.

Je ne lui répondis pas, mais pendant que je montais l'escalier, j'entendis sa femme lui donner des explications.

Ôtant mon chapeau et mon manteau, je les jetai sur un grand fauteuil noir — il y en avait deux pareils, tous deux ornés de dessins et de sculptures.

Le Yid et sa femme entrèrent au moment où retentissait le carillon de la vieille horloge.

— C'est ravissant, dit-elle.
— Hum, c'est joli, fit le Yid.
— Est-ce qu'il est rentré ? demandai-je.
— Non.
— Téléphoné ?
— Non.

Le Yid était très irrité et évitait avec insistance de regarder sa femme.

— Où est la patronne ? demandai-je.
— Dans la cuisine.
— Je vais aller lui parler ; tu peux monter pour

causer avec ta femme. Je vois bien que tu brûles d'entamer la conversation.

Je crus l'entendre grommeler un juron ; sa femme devint écarlate.

Dès que Mme Tinevelli m'aperçut, elle commença à pleurer ; toute sa graisse entrait en mouvement lorsqu'elle pleurait : son triple menton, ses énormes seins et son ventre bombé, tout tremblotait. Je la laissai se calmer et, dès que je la vis un peu moins secouée, je lui dis en italien :

— Vous êtes au courant de l'histoire de la banque ?

— Oui, répondit-elle. Mes amis m'ont téléphoné pour m'offrir leurs condoléances et me l'ont dit. O, mon Matthew !

Je vis qu'elle allait de nouveau entrer en éruption.

— Il va bien ; calmez-vous.

— Vous savez où il est ? Vous l'avez vu ? demanda-t-elle vivement.

— Non, je ne sais pas ou il est, mais il ne lui est rien arrivé. Quand tout ça sera arrangé, il reviendra. Matthew est timide ; je suis son ami et je ferai tout ce que je peux pour lui.

Elle agrippa mon bras et commença à me remercier. Ses doigts étaient gélatineux, boursouflés, pleins de graisse et carrés aux extrémités.

— Où sont Carlo et Mary ? demandai-je.

— À la cave.

Je la laissai seule dans la cuisine et descendis à la cave. Teeny l'avait transformée en salle de billard.

Lorsqu'ils me virent sur les marches, les deux enfants accoururent à ma rencontre. Ils étaient très affectueux et chacun d'eux m'humecta une joue d'un baiser. Je me mis à rire. Ils ne se souciaient pas beaucoup de leur père ; leur propre vie suffisait à les occuper. Et je sentais qu'ils étaient dans le vrai.

Le garçon — il avait dix ans — fit plusieurs parties avec moi et la petite fille nous regarda jouer pendant un petit moment, puis elle alla retrouver le poste de T. S. F. dans un coin de la pièce.

Pendant que nous jouions, j'interrogeai le petit :
— Quand est-ce que tu as vu ton père ?
— Hier matin. C'était marrant : il m'embrassait tout en pleurant. Pourquoi il pleurait ?
— Je ne crois pas qu'il pleurait.

Tout en jouant, nous causions ; dans un coin de la pièce, le poste de T. S. F. jouait sans discontinuer, la musique n'étant interrompue de temps à autre que par la publicité parlée. Comment ça marchait, l'école ? Il était dans la « classe d'avancement rapide » et apprenait en six mois le programme d'un an, me dit-il, et il n'en avait plus pour longtemps. Irait-il au lycée ? Oui, il irait, et après, à l'université. Est-ce que je portais un revolver sur moi ? Oui, j'en avais un. Où ? Sous mon bras. Ah ! oui, il le voyait.

Je tirai le revolver de son étui pour le lui montrer. Mary s'approcha et se tint près de nous, considérant le browning de ses yeux noirs. Je l'avais toujours sur moi ? Oui, toujours. Je replaçai le revolver dans sa gaine. L'enfant poussa un soupir et ramassa sa queue de billard.

Qui était M. Levinson ? demanda-t-il. Je lui répondis que c'était un policeman qui était là pour les protéger et qu'ils devaient faire attention à ne jamais sortir le soir. Est-ce qu'il portait un revolver, lui aussi ? Oui. Est-ce que je croyais qu'il le laisserait tirer avec, s'il le lui demandait ? Je répondis non ; il devait justifier l'emploi de chaque balle, mais un de ces jours je viendrais avec une boîte pleine de balles et nous les tirerions ensemble. Quand viendrais-je ? Bientôt, dis-je.

— La clé est-elle toujours là ? demandai-je.

— Oui, répondit-il en posant sa queue.

Nous passâmes par une porte latérale, ménagée dans la cloison qui séparait la salle de billard du reste de la cave. La chaudière était bouillante et ressemblait à une gigantesque pieuvre, avec ses gros tuyaux partant dans toutes les directions. Je fus obligé de me baisser pour passer sous les tuyaux.

Carlo me désigna un coin sombre, tourna un interrupteur, décrocha une clé qui pendait à un clou et ouvrit une espèce de grand coffre en bois qui se trouvait là. Puis nous pénétrâmes dans l'atmosphère plus fraîche du coffre. Il y avait là un tas de barils et de caisses. Il savait ce que je voulais et me tendit une mesure d'un gallon que je plaçai devant un des barils ; j'ouvris la bonde et le vin pourpre jaillit en glougloutant ; c'était aigre et rafraîchissant, et fort.

Pendant que je buvais, Carlo se taisait. Quand j'eus fini, je lui rendis la mesure qu'il replaça sur la planche, puis nous retournâmes dans la salle de billard. Il voulait continuer de jouer, mais je lui dis que j'étais forcé de partir et, après les avoir embrassés, je retournai là-haut.

Mme Tinevelli était dans la cuisine et il me fallut recommencer la même opération d'apaisement.

Je pris place dans un des fauteuils sculptés du hall ; j'étais content d'avoir à attendre, car le vin m'avait donné sommeil.

Le carillon de la vieille horloge se déclencha et le Yid descendit l'escalier accompagné de sa femme. Il marchait un peu en avant d'elle ; toute sa mauvaise humeur s'était dissipée. Sa femme évita mon regard ; elle semblait honteuse. Elle ne fit plus de réflexions sur la beauté du carillon et je crois bien qu'elle ne le remarqua même pas.

Le Yid avait envie d'engager la conversation, mais je prétendis n'avoir pas le temps et lui dis de rester là en attendant mes ordres.

— *Okay*, fit-il.

Je cherchai mon pardessus, l'endossai, dis au revoir et descendis ; pendant tout ce temps, Mme Levinson évitait avec insistance de me regarder.

Nous reprîmes le chemin de la maison. Elle se tenait raide, le regard fixé au loin sur la route. Je restai un moment silencieux, puis :

— Oui, c'est ainsi que ça se passe.

Elle jeta un bref coup d'œil dans le creux de sa robe puis ses yeux se figèrent de nouveau.

Il commençait à pleuvoir. Ce ne fut tout d'abord qu'une petite bruine qui dégénéra bientôt en averse ; les gouttes tambourinaient sur le toit et contre les vitres et formaient des petits ruisseaux sur le verre.

Je fis marcher l'essuie-glace ; son léger grincement évoquait le fauteuil à bascule et le calme que l'on éprouve à s'y balancer.

De nouveau, je rompis le silence.

— Vous ne saviez pas que ça se passait comme ça ?

— Non.

— Eh bien ! vous le savez, maintenant.

— Ça ne devrait pas être ainsi.

— Ça se passe toujours ainsi.

— Il n'avait pas le droit de m'humilier.

— Vous êtes mariée, dis-je.

— Oui, nous sommes mariés, fit-elle.

Nous roulâmes un moment en silence.

— Pourquoi ? demandai-je.

— Pourquoi quoi ?

— Pourquoi vous êtes-vous mariée avec lui ?

Elle ne voulait rien dire. Je ralentis et fis stopper la voiture sur le bord de la route, sans arrêter le moteur ni l'essuie-glace. Je serais incapable de dire pourquoi, mais je tenais absolument à ce que l'essuie-glace continuât à fonctionner.

— Vous pouvez me parler, dis-je.

Elle hésita, puis :

— C'est tellement difficile, mais je veux parler, j'ai tellement besoin de parler ; j'étais seule et il était gentil avec moi. Je vivais avec ma tante et mon oncle.

— Orpheline ?

— Non. Mon père était tuberculeux ; ma mère est morte à son chevet. Jour et nuit nous avions peur, peur qu'il ne commence à cracher le sang. Toutes les fois que cela arrivait, c'était terrible. La couleur rouge me fait horreur. Il fallait mettre un seau devant lui, l'envelopper dans de la glace et courir chercher le médecin. Un jour, la glace n'a plus rien fait ; il est devenu encore plus blanc et plus rouge — tout ce sang qu'il crachait — et il est mort, mort avant que le médecin ait eu le temps d'arriver.

— Dommage, dis-je.

— Non ; j'étais contente. Vous ne savez pas ce que c'est que de ne plus avoir peur. L'attente d'une chose terrible est plus terrible que la chose elle-même ; je suis allée habiter chez ma tante.

— Mauvais ? Ils étaient mauvais ?

— Ils étaient trop bons. Jamais ils ne me faisaient de réflexions, mais moi j'avais tout le temps l'impression d'être de trop et de vivre à leurs crochets. J'essayais de trouver quelque chose, mais dans une petite ville, c'est dur. Et quelle vie : chaque minute traîne. Si l'on veut s'amuser, il faut aller dans les bois avec les jeunes gens. Il n'y a rien d'autre à faire. Après ça, vous vous mariez avec l'un d'eux et tous les autres lui font des compliments sur vous. Je n'aurais pas pu supporter ça !

— Pourquoi n'avez-vous pas tout quitté pour venir ici ?

— Vous ne pouvez pas savoir.

— Pourquoi ? insistai-je.

— C'est difficile pour une femme, et particulièrement pour une Juive. Nous sommes Juifs orthodoxes.

— Personne ne vous aurait fait d'histoires, à moins que vous ne les ayez cherchées.

— Ce n'est pas ce que je voulais dire. Je parlais d'eux, de ce qu'ils auraient dit. Quand il venait en vacances et qu'il était si gentil, je pensais...

— Vous pensiez l'aimer, dis-je. Et maintenant ?

— Je ne sais pas. L'amour... la reconnaissance,... je ne sais pas.

— Jamais je ne me serais conduit avec une femme comme il s'est conduit avec vous.

— Je le crois. Qui est-elle ?

— Je n'ai jamais aimé personne. Aucune femme n'a jamais voulu me regarder deux fois de suite, dis-je.

— Leur avez-vous donné l'occasion d'essayer ?

— Jamais. (Je mentis.) J'attendais une femme bien ; et il me la faut. J'ai besoin d'aimer quelqu'un ; je serais même capable de vous faire la cour, tenez.

— Même à moi ?

Croyant comprendre qu'elle n'y voyait pas d'inconvénient, je la pris dans mes bras et l'attirai contre moi.

— Embrassez-moi !

— Vous êtes fou ! dit-elle en me repoussant.
— Embrassez-moi !
— Vous êtes complètement fou ; demain vous rirez de vous-même.

Je continuais à l'attirer vers moi, tout en cherchant à dissimuler mon visage. Au début je souriais, et maintenant je n'avais plus envie de sourire, mais comme je m'efforçais de conserver un air souriant pour sauver les apparences, mon visage était agité de tics nerveux. Je me trouvais dans la même situation que l'imbécile qui rit de ses propres plaisanteries, et qui s'aperçoit soudain qu'il est seul à rire. Elle me repoussa violemment.

Ma tête appuyée sur mon bras, contre le volant... réfléchissons vite... elle te tient et pourrait le dire à son mari.

Relevant la tête, je la regardai, l'air sérieux :
— Excusez-moi, dis-je. Il faut que je sois fou... mais j'en avais tellement besoin...
— Cela n'a pas d'importance, répondit-elle.
— Vous ne voulez pas m'embrasser ? dis-je, et quand je la vis s'écarter, effrayée, je la rassurai :
— Pas comme je le voulais tout à l'heure... comme un frère ?

Elle me regarda dans les yeux, s'approchant pour mieux voir à la faible lumière du feu de position, puis elle se pencha et m'embrassa. Ses lèvres étaient douces et moites.

— Amis ? interrogea-t-elle.
— Amis.

# 9

La journée du lendemain fut interminable et cependant, quand elle fut arrivée à son terme et que je voulus l'évoquer, je ne trouvai que du vide.

Je ne pouvais rien faire pour retrouver Teeny car le Quartier général s'occupait des recherches. J'étais passé voir le capitaine Mac Dunn et lui avais recommandé de garder le silence au cas où Teeny se ferait ramasser dans notre district.

J'étais content de n'avoir pas à m'occuper de cette affaire ; nous étions amis, mais dans l'état où je me trouvais, aucun genre d'activité n'aurait pu me tenter. Un désir de rester assis à ne rien faire et de penser m'avait envahi : rester assis et penser ; et la même scène repassa devant mes yeux : moi, debout dans l'antichambre, la débarrassant de son manteau et elle, pendant ce temps, enfonçant ses doigts au plus profond de sa chevelure, comme font toutes les femmes lorsqu'elles enlèvent leur chapeau... Après avoir accroché le manteau, je glisserais ma main sous son bras, loin sous son bras, de façon à toucher la naissance du sein, puis nous entrerions dans le salon. J'apporterais à boire pour nous réchauffer l'intérieur et activer un peu le feu qui y couverait déjà, et peut-être qu'il ferait trop chaud et qu'il faudrait ôter quelques vêtements, et ensuite nous serions étendus ensemble sur le sofa. Je ferais l'amour et je jouerais avec elle et parfois elle m'enlacerait subitement et, presque aussi subitement, elle se renverserait en arrière et prendrait son plaisir. Et cela durerait toute la nuit : désir, assouvissement, sans penser à rien, se sentant seulement échauffés, excités, et puis calmes.

À force d'y penser, je commençais à m'énerver ; ce n'était pas, comme les autres fois, une chose que je voulais sortir de moi pour m'en débarrasser, mais plutôt une sensation qui tenait à la fois du sommeil, du réveil et du rêve très agréable.

Et cela dura toute la journée ; finalement, je me décidai. Pourquoi ne pas tenter le coup, bon Dieu ? Ça vaudrait mieux que de rester là assis à rêvasser.

Tout en conduisant, je me demandais ce que le Yid deviendrait là-dedans. Au fond, il ne serait pas lésé puisqu'il ne le saurait pas. Au bout d'un certain temps, je deviendrais froid et dur comme avec les autres et j'irais avec n'importe qui.

Cette fois-ci, au lieu de laisser la voiture devant la maison, je la garai au coin de la rue. Je me hâtai vers l'entrée, car il pleuvait. Sachant où se trouvait la sonnerie, je n'eus pas besoin d'allumettes ; je pressai le bouton, le timbre se déclencha et je montai, m'attendant à la trouver sur le pas de la porte ; elle n'y était pas. Je sonnai et l'entendis approcher.

— Qui est là ?
— L'inspecteur Saliotte.

Elle resta environ une demi-minute sans parler, puis :

— Attendez un instant.

Je l'entendis s'éloigner dans le vestibule, puis elle revint ouvrir la porte.

— Hello ! dis-je.
— Bonsoir.

Elle était en kimono. Comme elle n'était pas maquillée, je crus qu'elle venait de se réveiller. Je la trouvai moins jolie ainsi.

— Voulez-vous venir faire une balade en voiture ?
— Non, je ne crois pas.
— Pourquoi ?
— Vous croyez que ce serait correct ?
— Bien sûr.
— Il pleut.
— Ce n'est rien. C'est très agréable quand il pleut. La couleur revenait à ses joues ; je vis que je l'avais effrayée et je me dis que je ferais bien d'y aller doucement.

— Bon, alors, fit-elle. Juste le temps d'enfiler une robe.

Elle alla dans sa chambre et en sortit habillée, puis elle se dirigea vers le placard et mit son chapeau et son manteau. Elle me sourit et suivit le vestibule mal éclairé jusqu'à la porte. J'étais derrière elle. Au moment où elle avançait la main pour ouvrir, je l'enlaçai par derrière et la serrai contre moi. Elle se tint raide un instant, puis tout à coup, je la sentis mollir — elle y avait donc pensé elle aussi, à ce baiser ? Avec ces gros manteaux qui nous séparaient, c'était nul comme sensation. Je la fis pivoter et commençai à l'embrasser, chaque fois plus fort et la dernière fois si violemment qu'elle ouvrit la bouche et que j'embrassai ses dents. Mes lèvres s'étaient mouillées au contact de sa bouche.

Je l'entraînai vers le salon.

— Non, dit-elle.
— Je vous en prie, dis-je. Un instant seulement.
— Non.
— Je vous aime, dis-je.

Je commençais moi-même à le croire.

Elle ôta son chapeau et je l'aidai à enlever son manteau ; ses gestes étaient empreints d'une grande lassitude. Pendant que je me débarrassais de mon pardessus, elle s'assit sur le sofa et tourna la tête vers le mur.

Je m'assis et la serrai contre moi, et lui dis « Je vous aime », et je l'embrassai, et elle disait « Buck, Buck. »

Nous étions étendus sur le sofa ; sur l'étoffe était dessiné un oiseau de paradis aux vives couleurs et, pendant que je la caressais, de son index elle en traçait et retraçait sans arrêt le contour, s'arrêtant le doigt en l'air quand mes caresses se faisaient plus précises.

— Non, Buck, pas ça. Je vous en prie, ôtez votre main.

— Je vous aime ; vous ne m'aimez donc pas ? Vous ne voulez pas être à moi ?

— Si... pas ça, Buck, je vous en supplie.

— Vous ne voulez pas être à moi — toute à moi ? Je vous aime. Je vous veux tout entière.

— Il ne faut pas.

— Vous êtes jolie... jolie.

Elle était debout et pleurait silencieusement, le visage inondé de larmes, et de sa main elle effaçait les plis de sa robe. La pluie claquait sec contre les carreaux.

Je me levai, l'entourai de mes bras et la forçai à se rasseoir. Je sentais une chaleur s'insinuer en moi et je voulais l'étreindre et la sentir tout contre moi.

— Je me sens comme une prostituée, fit-elle.

— Quelle bêtise ! Je suis fou de vous ; et vous de moi, non ?

— Oui.

— Alors tout est bien. N'est-ce pas que tout est bien ?

— Oui.

— Alors ne pleurez plus.

Elle se tamponna les yeux avec son mouchoir. Elle avait le nez et les yeux rouges. Je la soulevai ; elle ferma les yeux et branla doucement la tête.

— Je vous en prie, dis-je, et je la portai vers la chambre à coucher.

— Pas dans le lit, Buck. Ça ne serait pas bien.

Quand la pluie eut cessé, il fit très froid. Comme il était très tard, le chauffage était arrêté et on gelait dans la maison.

— Je vais aller chercher une couverture, dis-je, à voix basse.

— Vous devriez rentrer chez vous ; il est très tard.

— Non.

— Si. Rentrez chez vous.

— Je vais rester ici toute la nuit.

— S'il vous plaît, Buck. Laissez-moi m'y habituer. J'ai déjà assez de remords.

— Vous ne devriez pas avoir de remords, dis-je, et je pensais à part moi : « Toujours le même emmerdement ! Combien de fois faudra-t-il l'entendre, ce boniment ? »

— Vous ne pouvez pas rester ici, reprit-elle.

— Non ? Pourquoi pas ?

— Parce que... vous ne comprenez pas ?

— Est-ce que nous pourrons, une fois, passer la nuit ensemble ?

— Peut-être ; pas maintenant.

— Quand ? Je veux savoir.

— Ne me bousculez pas trop.

— Je vous aime, dis-je, et je l'enlaçai.

— Je sais, dit-elle, et elle le dit comme si elle avait été fatiguée de l'entendre.

— C'est bon, je vais rentrer chez moi.

Elle sourit et dit :

— Maintenant, dites-le-moi.

Et je lui dis :

— Vous êtes belle, et je vous aime.

Nous nous dirigeâmes sans bruit vers la porte, de façon à ne pas être entendus des voisins. Près de l'entrée, elle m'entoura de ses bras et je la poussai contre la porte, serrant avec force son corps contre le mien, et je l'embrassai. La porte en métal était froide à la paume de mes mains. Son kimono glissa, mettant à nu ses épaules et un sein ; cela m'excita et je voulus retourner dans le salon, mais elle me repoussa et ouvrit la porte.

— Demain, dis-je.
— Pas ici, répondit-elle.
— Où ?
— Je ne sais pas.
— Je vais vous écrire l'adresse. À une heure.
— Dépêchez-vous, Buck, quelqu'un pourrait vous voir.

Je sortis mon crayon, déchirai une feuille du petit carnet que j'avais dans la poche et inscrivis l'adresse. Elle prit le papier et commença à pousser la porte.

— Bonne nuit, ma chérie, dis-je.

Elle avança la tête dans l'entrebâillement de la porte ; je la pris dans mes mains et l'embrassai ardemment. Je savais que je lui faisais mal.

La pluie avait cessé, mais les trottoirs étaient encore mouillés et luisants et, par endroits, la couche d'humidité commençait à geler. Les lumières de la rue se reflétaient sur la glace et dans les flaques d'eau, et des glaçons pendaient aux abris métalliques des lampes à arc. Le froid était tel que je craignis pour l'eau dans mon radiateur ; je me souvins qu'elle ne contenait pas d'anti-gel.

La voiture était à l'endroit où je l'avais laissée,

toute luisante et mouillée, sous un réverbère. J'appuyai sur l'accélérateur et tirai la manette d'arrivée d'air, mais le moteur ne fit que tousser. Finalement, après plusieurs essais infructueux, il démarra ; j'accélérai à plusieurs reprises pour le chauffer et, comme l'arrivée d'air était fermée, le pot d'échappement lança une bruyante pétarade. Un homme vint regarder à la fenêtre du sous-sol. J'avais enfin réussi à chauffer le moteur ; je passai en première et démarrai en appuyant exprès à fond sur le champignon afin d'envoyer à l'homme de la fenêtre une pétarade en guise d'adieu.

## 10

Le lendemain matin, je fus réveillé par un appareil de radio qui jouait dans l'appartement à côté. Étendu sous les draps, je me demandais comment des gens pouvaient se lever si tôt, fatigués, à moitié endormis, la bouche amère, et se mettre à jouer de la musique.

Ma bouche à moi était sèche et me rappelait l'odeur que j'avais sentie un jour dans l'haleine d'un épileptique. Je sortis du lit, entrai dans la salle de bains, me rinçai la bouche et chassai ensuite le goût de l'antiseptique en buvant un verre de cognac. J'avais l'estomac vide et je sentis aussitôt la brûlure de l'alcool.

Après m'être lavé les mains, j'entrai dans la cuisine. Une poêle contenant des œufs et du bacon était posée sur le fourneau à gaz et une toute petite flamme brûlait dessous. Alors que j'étais occupé à transférer le tout dans une assiette, Myra entra.

— J'étais allée chercher de la poudre à récurer, dit-elle, tout en ôtant son manteau.

Elle me versa une tasse de café.

— À quelle heure partez-vous d'ici ? demandai-je.
— Vers midi. Pourquoi ?
— Tâchez d'être exacte ; j'ai un rendez-vous ici.
— Est-ce que je vous dérangerais ?
— Oui.
— C'est la première fois que vous vous faites du mauvais sang à ce sujet.
— Je ne me fais pas de mauvais sang.
— Pourquoi faut-il que je parte à l'heure juste, dans ce cas ?
— Cette fois, c'est différent.
— Elles sont toutes pareilles.
— Non.
— C'est une phrase qui est de vous, précisa-t-elle.
— Je n'ai pas changé d'opinion.
— Alors, en quoi est-elle différente ?
— Ça la gênerait. Et d'abord, comment saviez-vous qu'il s'agissait d'une femme ?
— J'ai vu ça à votre air.
— Quel air ai-je ?
— Peu importe. Je ne veux pas vous froisser. Votre chemise est ouverte.

Je me boutonnai.

Elle me servit une autre tasse de café, puis elle s'appuya le dos à l'évier et dit :

— C'est terrible, n'est-ce pas, ce qui arrive à M. Tinevelli ?
— Comment le savez-vous ?
— Je l'ai lu dans les journaux de ce matin.
— Alors, ils l'ont su tout de même.

— N'est-ce pas que c'est épouvantable ? Qu'est-ce qui a bien pu le pousser à faire ça ?

— Qu'est-ce qui pousse n'importe qui à le faire ?

— Quoi ?

— Qu'est-ce qui vous a poussé à le faire ?

Elle devint très rouge et serra les lèvres de colère.

— Je n'ai pas dit ça pour vous fâcher ; je voulais vous renseigner, dis-je et, voyant qu'elle ne répondait pas : Oh ! vous savez, il y a des excuses à tout.

Son visage perdit de sa dureté, et elle dit :

— L'amitié est une chose magnifique — à un certain âge. Si vous étiez un jeune homme, vous seriez probablement en train de la maudire pour vous avoir dérangé.

— Voilà que vous radotez.

— Non, dit-elle d'un air réfléchi.

Je m'essuyai la bouche et me levai de table, tout en m'assurant que le pantalon de mon pyjama était bien fermé.

— Vous n'oublierez pas de partir à l'heure ? lui rappelai-je.

Ses traits se durcirent. Je n'avais jamais vu de visage aussi changeant que le sien.

— N'ayez crainte ; pour rien au monde, je ne voudrais gâcher votre plaisir.

Je m'habillai et sortis. Il faisait très froid. Le soleil luisait, mais ne chauffait pas. Aux arbres du parc pendaient des stalactites de glace qui scintillaient au soleil. De temps en temps, le vent faisait craquer les branches et les glaçons se détachaient en pluie étincelante. Je conduisais très prudemment car la chaussée, gelée par endroits, était glissante.

À la porte du poste, le policeman de garde jetait une vieille femme dehors au moment où j'arrivais. Elle lançait des imprécations et il souriait.

— Qu'est-ce que c'est ? demandai-je.

— Rien, monsieur. Elle est un peu tapée.

— Je ne suis pas tapée, repartit la femme.

Je la regardai. Elle était vieille et ridée, et s'appuyait sur un bâton. Sa bouche n'abritait qu'un unique chicot planté dans sa mâchoire supérieure, et qu'elle ne cessait de tourmenter avec sa langue et sa lèvre inférieure. Elle se dandinait d'un pied sur l'autre, avançant de quelques centimètres, puis reculant d'autant.

— Qu'est-ce qui se passe ? fis-je.

— C'est parce que je suis Anglaise qu'ils me jettent dehors — les Irlandais. (Elle lança un regard sur le policeman qui se mit à rire.) Vous ne détestez pas les Anglais, vous, n'est-ce pas ? Vous n'êtes pas irlandais ?

— Non.

— C'est à cause de mes voisines, les filles Sullivan. Elles racontent que je tiens un bobinard, et c'est pas vrai. C'est elles qui en tiennent un. Elles disent ça parce que je suis anglaise, et moi je leur dis : « Salisbart est un nom qui en vaut un autre, bien qu'il soit anglais. » Et alors elles me disent : « Nous allons faire une guerre et tuer tous les Anglais et tous les Juifs. » Et moi je leur retourne : « Qu'est-ce que vous diriez si votre père et vos frères se faisaient tuer ? » Ça leur est égal ; elles vont faire la guerre et tuer tous les Anglais et tous les Juifs.

Tout en parlant, elle léchait sa dent et se dandinait d'un pied sur l'autre.

Je ne sais pas pourquoi je l'écoutai. Est-ce que j'aimais les Juifs ? Elle, oui. Ils lui avaient donné la Bible et elle leur en était reconnaissante. Est-ce que je lisais la Bible ? Sa mère la lui avait lue cinq fois, et elle-même la lisait tous les jours. Dieu était partout, dans l'air, partout. Cause et effet, tout était cause et effet, et Dieu voyait tout. Son père, qui avait eu des rhumatismes, avait pris une pièce de bronze et une pièce de plomb et en avait mis une dans chaque soulier, et ça l'avait guéri. L'électricité était Dieu. Est-ce que je croyais en Dieu ? Je répondis oui. Je devrais être content de mon sort, dit-elle, car j'étais beau et je devais avoir de beaux enfants.

— Je ne suis pas marié, dis-je.

— Alors, vous aurez de beaux enfants.

Elle en avait élevé deux. Elle avait été très jolie autrefois, — on ne le croirait pas. Regardez ce pied. La punition de Dieu. Quand elle était jeune, elle avait tout eu : chevaux, argent, séduction — pensez donc, rien qu'en la voyant passer, les gens se retournaient en disant : « Ce qu'elle peut être jolie ! » Elle n'avait pas su l'apprécier ; elle s'était figuré que tout ça lui était dû ; alors Dieu l'avait punie. Cause et effet, toujours. Maintenant, elle appréciait tout ; son cœur était pur et ouvert à tous. Elle avait deux petits oiseaux qui chantaient toute la journée. Elle n'avait qu'à dire : « Gentil, qui est gentil ? » Et ils répondaient : « Gentil-gentil » ; ou bien elle disait : « Qui va là-bas-là-bas ? » et ils répondaient : « Là-bas-là-bas. » Je ne la crois pas, hein ? Pourtant sa fille les entend aussi. Sa fille avait mal à la gorge et les médecins disaient que c'étaient ses amygdales, mais elle croyait que c'était à cause de ses dents.

Le policeman, qui était rentré dans le poste dès qu'elle avait commencé à parler, réapparut et dit :

— On vous demande au téléphone, monsieur.

— Faut que je m'en aille, dis-je.

Elle recommença à discourir, mais je lui tournai le dos et rentrai à l'intérieur du poste.

— Merci, dis-je au policeman. Je savais que personne ne me demandait.

— Elle est dingue, fit-il.

Je montai l'escalier. Deux inspecteurs en civil étaient en train de jouer aux dés dans la salle de garde. Quand ils m'aperçurent, ils raflèrent l'argent et les dés et firent semblant de continuer une conversation. Je dépassai la porte entrouverte et montai directement à mon bureau. Schlegel, le secrétaire civil, tapait à la machine ; en me voyant, il s'arrêta et tira d'un tiroir un paquet enveloppé dans des journaux.

— C'est un type qui a laissé ça, fit-il.

— Qui était-ce ?

— Sais pas. Il ne me l'a pas dit ; il a seulement dit qu'il venait de l'agence Apex et que vous étiez au courant.

Je ramassai le paquet, rentrai dans mon bureau et le posai sur la table. Ôtant mon chapeau et mon pardessus, je les accrochai dans la petite armoire de fer ; et soudain, il me vint à l'esprit que le geste d'enlever son chapeau et son manteau était comme une prière catholique : il fallait le faire avant toute chose.

J'ouvris le paquet. Il y avait énormément de papier autour. Lorsqu'il n'en resta plus qu'une mince épaisseur, je sentis sous mes doigts le revolver dont m'avait parlé l'employé de l'agence. J'enlevai la dernière feuille : c'était un automatique Savage, calibre 32. J'étais déçu, car je m'étais imaginé un petit revolver de poche que j'aurais gardé pour mon usage personnel. Je mis l'arme dans un tiroir et m'assis.

Penser... je ne voulais pas penser, car alors le temps m'eût paru terriblement long jusqu'à une heure. Adorée... mon adorée... je ne voulais pas penser à elle.

Quand je fus redescendu, je parlai à Mac de Wallace et des faux billets. Il m'annonça que tout marchait bien et qu'il en avait déjà récupéré une bonne partie, mais qu'il allait falloir faire gaffe le soir du match, sinon ça ferait un de ces nom de Dieu de boucans à réveiller le pape. Je lui répondis qu'il n'était qu'un imbécile parce que, même si les choses tournaient mal, nous n'étions pour rien dans cette histoire. En tout cas, personne ne pourrait rien dire ; nous pourrions menacer d'arrestation tout possesseur de faux billets.

Je lui recommandai de nouveau de m'avertir au

cas où l'on retrouverait Teeny, et de ne pas l'amener au poste. (Tenir le Yid éloigné était devenu plus important pour moi que retrouver Teeny.)

Je m'occupai de différentes choses et cela me prit un peu de temps ; vers onze heures, je me rendis chez le coiffeur. Le vent était tombé et l'air un peu moins vif. Il n'est pas de délassement plus agréable que celui que procure un confortable fauteuil de coiffeur, pendant qu'on vous rase et qu'on vous coupe les cheveux. Je m'allongeai et me laissai aller ; c'était extrêmement reposant et puis ça prenait du temps.

À midi, j'étais en route.

Craignant d'être en retard, je demandai au garçon d'ascenseur s'il avait monté une femme chez moi.

— Non, m'sieu, répondit-il, y en a pas eu des femmes.

Puis il sourit. Ses lèvres épaisses, sillonnées de petites lignes noires, s'arrondissaient en une surface rouge unie lorsqu'il souriait. Quand je fus sorti de l'ascenseur et que j'arrivai devant la porte de mon appartement, il souriait encore.

Je m'assurai que tout était bien en ordre. Sur un plateau, je préparai du vin, du cognac et deux verres. J'eus un sourire en entrant dans la chambre, un sourire dans lequel entrait un peu de rancune : Myra avait ôté le couvre-lit et rabattu le coin de la couverture.

J'entendis la sonnerie et allai ouvrir la porte : c'était elle. Je la pris par le bras, sa chair ronde tenant tout entière dans ma main fermée, et je la conduisis dans le salon.

Elle jeta un regard circulaire et dit : « C'est très joli », et les mots dissipèrent la gêne qui s'était emparée de nous et nous éclatâmes de rire.

Elle prit place sur le divan ; me tenant debout devant elle, je pris sa tête entre mes mains et commençai à lui enlever son chapeau ; elle posa ses mains sur les miennes et leva son regard vers moi ; elle avait des yeux très profonds et, en la regardant fixement, je voyais très loin en elle.

— Allons faire une promenade en voiture ; il fait si beau, dit-elle.

— Fait trop froid, dis-je, et je pensais : « Dire que j'étais si bien disposé et voilà qu'il lui prend des fantaisies. »

Je me penchai et l'embrassai sur la bouche ; elle passa ses bras autour de mon cou, si bien qu'en me relevant je la soulevai. Son visage contre le mien, je sentis quelque chose de tiède couler sur ma nuque. Elle pleurait.

— Fameux début, dis-je. Pourquoi pleurer ? Nous devrions être heureux. Ça n'a pas de sens de pleurer.

— Comment cela finira-t-il ?

— Pourquoi penser à la façon dont ça finira, alors que nous n'avons même pas encore commencé.

— Je ne croyais pas que ç'aurait été si terrible.

— Qu'y a-t-il de terrible là-dedans ?

— Tout. Ça fait tellement mal !

— Qu'est-ce qui fait mal ?

— Mais de... d'aimer, dit-elle après une seconde d'hésitation.

— C'est vous qui compliquez les choses, dis-je.

— Je ne serais pas heureuse s'il en était autrement.

— Ne pensez à rien d'autre qu'à nous.

— Je ne peux pas m'en empêcher ; j'ai passé une nuit effroyable ; je n'ai pas fermé l'œil.

— Vous êtes folle. Il va falloir que ça cesse. La vie est trop courte pour que vous la gâchiez en pleurant sur des choses qui devraient vous rendre heureuse.

— J'essaierai ; le plus dur, c'est quand je commence à penser que je ne suis qu'une pas grand-chose.

— Vous êtes folle. Y pouvions-nous quelque chose ? Est-ce notre faute ?

— Non, mais où cela finira-t-il ?

— Ne soyez pas si juive ; cessez de toujours tout regretter.

— Ça, c'est autre chose.

— Je commence à penser que vous ne m'aimez pas.

— Comment pouvez-vous dire cela, Buck ?

— C'est vous qui me le faites dire. Vous devriez voir les choses d'une façon plus simple et en tirer le plus de plaisir possible.

— Très bien, c'est fini, dit-elle ; et elle sourit.

— Alors, buvons un coup, ça vaut bien ça.

— Je ne bois jamais ; seulement un petit peu de vin à Pâques.

— Aujourd'hui, c'est plus important que Pâques. Buvez un petit coup.

Je versai deux verres de cognac. Elle toucha au sien du bout des lèvres et le reposa sur la table ; j'avalai le mien.

— Otez votre chapeau, dis-je.

— Pas ici, sans cela je vais encore me sentir gênée.

Je m'approchai du piano et tapotai sur les touches durant quelques secondes, puis je me retournai et dis :

— Je vais vous emmener dans un charmant petit endroit. C'est là que nous allions étant gosses.

— Où ?

— Nous appelions ça l'Île du Plaisir.

— J'aimerais bien y aller.

— Restez ici pendant que je vais chercher la voiture.

— Je préférerais vous accompagner.

— ... Faut que je revienne prendre une couverture ; nous nous assoirons dessus : il n'y a pas d'herbe en cette saison.

— Je vais aller avec vous et nous reviendrons ensemble ; je ne veux pas attendre ici toute seule.

— Faisons ça, alors.

— Je n'aurais pas cru que c'était si joli, si près de la ville, dit-elle comme nous nous engagions dans la rue qui sépare le Zoo du Jardin botanique.

Il faisait un temps gris, pas brumeux, mais pas très clair et les minuscules collines du jardin, couvertes de plantes vertes été comme hiver, se détachaient agréablement sur le fond grisâtre du ciel. Par ici, l'hiver ne semblait pas avoir eu prise ; même le sol avait pris une teinte verte.

Plus loin, la route devenait plate et il n'y avait plus de verdure, mais la terre avait une belle couleur brune, chaude, riche et attirante. À peu de distance de l'eau, nous pouvions déjà humer la brise marine ; peu après, nous traversâmes le pont qui franchissait l'étroite lagune séparant l'île du continent. Une ligne de chemin de fer passait sur un pont voisin.

Sur la rive opposée, je pris un petit chemin qui descendait jusqu'à la gare et stoppai dans le parc de stationnement, désert en cette saison.

— On fait le reste à pied ; ... pas de route, dis-je.

Emportant avec nous la couverture et le plaid de l'auto, nous empruntâmes la passerelle qui enjambait la voie pour aboutir à une petite route saupoudrée de mâchefer ; les arbres qui s'échelonnaient de chaque côté de la route étaient complètement dénudés. Il y avait du vent, mais il ne faisait pas froid. Nous débouchâmes soudain dans une clairière ; là, le terrain déclinait en pente abrupte pour se transformer un peu plus bas en prairie. La route n'y donnait pas accès, elle formait un remblai qui avançait jusqu'au milieu de la prairie ; à cet endroit, les travaux avaient été abandonnés. Nous avançâmes le long du remblai et nous avions l'impression de ne plus être sur terre. Arrivés au bout, je dégringolai le talus le premier ; quand elle descendit, je l'attrapai dans mes bras et nous éclatâmes de rire.

La prairie étant située dans un creux, le sol était humide et, à chaque pas que nous faisions, l'eau venait mouiller nos semelles.

Finalement, nous quittâmes le bas de la colline, à l'autre extrémité de la prairie ; le sol était couvert d'arbres et de roches. La montée était dure ; je l'aidai à grimper jusqu'au sommet et là, devant nous, s'étalait le *Sound*[1] gris et tourmenté.

Je déroulai le plaid à l'ombre d'une grosse roche, là où le sol était très sec, et elle s'assit dessus.

— J'ai du mâchefer dans mes souliers, dit-elle.

Je m'agenouillai et les lui ôtai pour les secouer, mais quand j'eus terminé, au lieu de les lui remettre aux pieds, je la couvris avec la couverture, m'assis près d'elle et me déchaussai.

— Mettez vos pieds dessous, sans cela vous attraperez froid, dit-elle encore.

Nous étions étendus côte à côte. Elle passa doucement le bout de l'index sur mes cheveux, le long de ma tempe ; c'était très agréable.

— Vous avez beaucoup de cheveux blancs.

— Je suis très vieux.

— Non. Vous n'êtes pas très vieux. Vous avez beaucoup souffert.

— Oui, dis-je, et je lui parlai de mon enfance.

En réalité, je ne m'étais jamais senti très mal-

---

1. Détroit.

heureux, mais je prétendais le contraire pour me faire plaindre.

— Il aurait mieux valu que vous n'ayez pas de parents du tout. Ce qui est étonnant, c'est que vous vous en soyez si bien tiré. Votre mère ne vous a jamais dorloté ?

— Non, et je n'aurais pas voulu. J'étais en rogne, parce que l'argent qui aurait pu me faciliter les choses, elle le donnait aux curés.

Je la regardai ; elle se souleva sur un coude pour mieux voir l'océan.

— Je les hais, continuai-je. Toujours en train de vendre l'idée de Paradis ; plus on paye et plus on approche du gros bonnet : Dieu.

— On ne peut pas acheter ça.

— Non.

— Elle était plus près du ciel qu'elle ne s'en doutait, dit-elle.

Nous n'échangeâmes plus beaucoup de paroles après cela. Toujours appuyée sur son coude, elle contemplait l'horizon quand je l'entendis murmurer quelque chose.

— Quoi ? fis-je.

Elle continua un peu plus haut : « ... des profondeurs d'un divin désespoir... »

— Qu'est-ce que c'est ? demandai-je.

— Quelque chose que j'ai appris au lycée.

— Répétez-le en entier.

Ce qu'elle fit. « En voilà des boniments », me disais-je. Je n'y comprenais rien.

## 11

Le temps se gâta. Il pleuvait, neigeait, et pleuvait encore. Lorsqu'il ne pleuvait pas, une brume épaisse traînait au-dessus de la ville et tout devenait humide au toucher.

Nous nous voyions tous les jours ; parfois, nous restions à l'appartement, d'autres fois nous allions faire un tour. C'était agréable de se sentir bien au chaud dans la voiture pendant que la pluie ruisselait sur la carrosserie. Nous n'échangions pas beaucoup de phrases au cours de ces promenades. Je l'emmenai plusieurs fois au théâtre ; le spectacle ne m'amusait pas beaucoup, car nos genoux se touchaient et je ne pensais qu'à une seule chose : être seul avec elle à la maison.

Le Yid me téléphona à plusieurs reprises, mais je lui répondais chaque fois que j'étais trop occupé pour pouvoir sortir et qu'avec le grand combat qui approchait et les recherches à effectuer pour retrouver Teeny, je n'avais pas une minute à moi. Il me demanda de le faire relever, mais je refusai sous prétexte qu'il était le seul à qui je pouvais me fier dans cette affaire, ajoutant qu'il me devait bien cela en échange de ce que j'avais fait pour lui. Il était furieux, mais il fit ce que je lui demandais.

Le soir du match, le temps s'éclaircit et la température baissa. Des étoiles se montraient au ciel, chose qui ne s'était pas vue depuis des semaines, et les rues étaient nettes et sèches. Dans le courant de l'après-midi, j'étais allé voir Wallace et lui avais assuré que tout irait bien ; je lui avais dit également que je voulais ma part pour le lendemain ; nous en fixâmes le montant d'un commun accord.

Au début de la soirée, je me rendis au stade. On faisait queue devant la grande entrée ; plusieurs files s'allongeaient le long du trottoir et jusqu'à l'avenue qui passait derrière le stade. Ceux qui étaient devant avaient attendu toute la nuit ; comme il n'y avait pas de bureau de location à l'entrée principale, les premiers arrivés étaient les premiers servis.

Les alentours fourmillaient de policemen en uniforme et d'inspecteurs en civil ; j'en avais fait poster un tel nombre devant l'entrée principale, que les revendeurs étaient forcés de se tenir devant les bouches de métro ou les stations de métro aérien. C'est là qu'on les arrêtait ; des ordres avaient été donnés pour que tout policeman qui relâcherait un revendeur fût aussitôt jugé et révoqué ; d'habitude, ils les laissaient repartir moyennant quelques dollars, mais, cette fois, ce n'était pas une plaisanterie. Aux clients trouvés porteurs de billets faux, on montrait l'indice révélateur, la clé tordue, puis on brûlait les billets en leur présence. Quand ils protestaient, on les prévenait poliment qu'on allait les arrêter comme complices, et ils se gardaient bien d'insister.

La foule déferlait en troupeaux serrés. Des policemen la maintenaient de l'autre côté de la rue, jusqu'à ce que les signaux lumineux eussent arrêté la circulation qui était intense ; dès qu'elle était libérée, elle avançait en masse compacte. La brigade spéciale et la brigade des gaz se tenaient prêtes.

Une escouade montée se tenait alignée face à l'avenue qui débouchait tout près de l'entrée ; le capitaine Mac, en grand uniforme, était là également. Ils attendaient l'arrivée du maire. Les taxis et les voitures particulières n'étaient pas autorisés à s'arrêter là ; ils devaient aller décharger plus loin, dans une autre rue. Les piétons recevaient l'ordre de circuler ; seuls étaient admis ceux qui avaient leur billet et encore les obligeait-on à entrer directement sans s'attarder. Le droguiste, dont la boutique ouvrait à la fois sur la rue et dans le stade, vint protester, alléguant que nous empêchions sa clientèle habituelle de passer devant son établissement ; on lui conseilla de déposer une plainte en règle ; furieux, il rentra dans sa boutique.

Sans attendre l'arrivée du maire, j'entrai dans le stade qui était déjà bondé. On ne distinguait qu'un océan de visages. La fumée et l'éclairage — le premier des combats préliminaires étant commencé, la seule lumière qui subsistait était celle qui éclairait le ring — rendaient tout irréel. Cela bourdonnait sans arrêt, comme un nid de frelons ; à de rares intervalles, on pouvait percevoir une voix distincte, soit qu'elle fût très proche, soit que quelqu'un hurlât assez fort pour percer le brouhaha.

Des combats préliminaires, je ne me rappelle pas grand-chose. Un petit batailleur mis à part, tout le reste n'était que boucherie. Lui — le petit — était parfait ; sa garde toujours haute, il harcelait l'autre sans répit et le mettait en pièces ; pas un mouvement de perdu ; c'était splendide. Il n'avait pas le punch qui lui eût permis de descendre son adversaire, mais il le transformait, systématiquement et délibérément, en une titubante masse de chair sanguinolente. Une seule chose gâtait mon plaisir, c'était une femme placée derrière moi qui criait au petit boxeur d'arracher l'oreille à l'autre — il lui fallait son oreille, ni plus ni moins. Un pareil spectacle eût au moins mérité d'être admiré en silence.

Le maire avait fait son entrée, salué par les hourras d'usage. Il était placé un rang devant moi ; j'avais le dernier fauteuil du second rang. Comme les lumières revenaient avant le grand combat, il se retourna et, m'ayant aperçu, se leva et me fit signe d'approcher. J'allai le retrouver et nous nous dirigeâmes vers le seul coin du ring qui ne fût pas envahi par les journalistes et les photographes. Le voyant debout, la foule l'acclama. Nous étions isolés au milieu des acclamations.

— Pourquoi n'es-tu pas venu me voir ? commença-t-il.

— Je t'attendais.

— Mike m'a raconté...

Je haussai les épaules.

— Si tu te figures pouvoir me faire chanter, tu n'as qu'à essayer, je t'attends, fit-il. Je fais ça parce que c'est de bonne politique ; l'idée est excellente : un simple policeman monte jusqu'au grade de « commissaire général »... La vertu récompensée... mais pas tout de suite ; ils diraient encore que je ne sais pas ce que je veux : je nomme un commissaire et je le balance en un rien de temps... Un peu plus tard, il démissionnera et alors la place sera à toi.

— J'ai déjà tellement attendu que ça ne me tuera pas de patienter encore un peu.

Tierney et ses soigneurs arrivaient à ce moment ; nous dûmes nous écarter ; ils escaladèrent le ring. Après une poignée de main, nous regagnâmes nos places.

Le champion apparut à l'autre extrémité du ring.

À son tour, l'arbitre escalada les cordes et je vis Wallace bondir tout excité dès qu'il l'eût aperçu. Un bourdonnement monta des fauteuils où se tenaient les gros parieurs. Wallace s'approcha d'un homme à cheveux blancs qui était assis au premier rang et lui parla longuement ; l'homme secouait négativement la tête. Un des « books » se leva et, d'une voix perçante, annonça que les paris qu'il avait pris étaient annulés. En réponse, les galeries se mirent à hurler :

— À la porte ! À la porte !

Wallace vit qu'il était inutile d'insister ; il haussa les épaules et regagna sa place. Le nouvel arbitre restait ; les lumières s'éteignirent dans la salle.

Lorsque les photos des boxeurs eurent été prises, l'arbitre les fit venir au centre du ring et leur donna les conseils d'usage ; à ce moment, quelqu'un me toucha l'épaule. Je levai les yeux.

— Nous avons retrouvé Tinevelli. (C'était Mac Dunn qui parlait.)

— Quoi !

— Nous l'avons retrouvé.

— Où est-il ?

— Un garni de Landis Street. Suicide au gaz.

Le gong résonna ; les boxeurs commencèrent à évoluer au centre du ring... Ainsi Teeny était nettoyé...

Je me levai sans hâte.

— Qui le sait ? demandai-je.

— Moi, Reilly là-bas au bureau, et l'homme que j'ai envoyé — et peut-être aussi les types de l'hôpital.

— Comment l'avez-vous appris ?

Nous marchions dans l'allée centrale ; à côté de nous, les spectateurs commencèrent à crier :

— Assis ! Assis !

— C'est un prêtre, un certain révérend Mac Laughlin, qui a téléphoné.

— Et lui, comment le savait-il, nom de Dieu ?
— Ne me demandez pas ça à moi.
— Quel est le numéro ?
— Trois cent soixante-sept.

— Restez ici, dis-je. Va peut-être y avoir du vilain. Ils ont changé l'arbitre et le Comité des sports serait capable de commencer quelque chose. Probable que la Boxing Commission s'est doutée que l'arbitre avait touché. Wallace a essayé de les faire revenir sur leur décision, mais ça n'a pas pris.

Tout le long du parcours, le poème que Beth avait murmuré de sa voix grave, le jour de notre promenade dans l'île, me revenait sans cesse à la mémoire ; mais si quelqu'un m'avait demandé de le réciter, j'en aurais été incapable. Ce n'était rien de bien précis ; j'avais seulement l'impression que je l'entendais de nouveau et que j'en comprenais le sens.

L'immeuble n'était pas loin. Il était situé près du fleuve, dans une de ces vieilles rues qui n'évoluent pas avec le temps : maisons de bois construites sur de hautes terrasses. Je grimpai les marches en pierre, traversai une petite pelouse et sonnai à la porte. Le policeman me fit entrer.

Le vestibule était étroit. D'un côté, une grande porte à deux vantaux ouvrait sur le salon ; une femme d'un certain âge et deux jeunes filles se tenaient sur le seuil. J'entendis un speaker raconter les phases du match : elles avaient oublié de fermer la radio. C'était le seul bruit qu'il y eût dans la maison. Une vague odeur de gaz flottait dans l'air.

— Où est-il ? demandai-je au policeman.

— Tout en haut, sur la cour, monsieur. Le révérend Mac Laughlin est là.

La femme s'approcha en pleurant et dit :

— Ce n'est pas de ma faute.

— Qui est-ce qui a dit que c'était de votre faute ?

— Nous sommes une famille respectable. C'était la première fois que je louais une chambre.

— Comment, vous ne tenez pas une pension de famille ?

— Non, monsieur. Seulement une chambre ; ça rapportait un peu.

— Vous le connaissiez ?

— M. Ripley ?

— C'est bon, bouclez-la. Personne n'a rien à y voir. Nous allons vous le sortir d'ici en moins de deux, dis-je.

J'étais content qu'elle ne connût pas la véritable identité du mort.

Je grimpai jusqu'au dernier étage ; la porte était ouverte et j'entrai dans la chambre. Le révérend Mac Laughlin était assis au milieu de la pièce, devant une petite table ; le sol était jonché de feuilles de papier hygiénique froissées. Teeny avait dû s'en servir pour boucher les fentes de la porte et des fenêtres ; ce qui restait de lui se trouvait sur le lit. Sur sa poitrine était posé un crucifix en or sur lequel la lumière reflétée par l'abat-jour mettait de mornes reflets rouges.

Le révérend Mac Laughlin se leva.
— Comment va ? fit-il.
— Comment l'avez-vous su ? demandai-je.

Je lui tournai le dos et me dirigeai vers le lit pour voir Teeny. Sa peau était couverte de plaques violacées et les muscles de son visage étaient si tendus qu'il avait l'air de ricaner ; ce n'était pas beau à voir.

— Il m'a téléphoné, déclara le prêtre.
— Il... quoi ?
— Il m'a parlé pendant qu'il agonisait.

Mon regard fit le tour de la pièce. Un appareil téléphonique était fixé au mur.

— C'est un poste auxiliaire, reprit le prêtre.
— Pourquoi n'avez-vous pas raccroché tout de suite et cherché d'où venait la communication ?
— J'avais le choix : prévenir la police et risquer qu'elle arrive trop tard, ou bien le confesser par téléphone ; j'ai préféré sauver son âme.

J'abaissai mon regard sur Teeny.
— C'est fou, ce que vous avez sauvé, nom de Dieu !

Nous restâmes un moment silencieux, puis je demandai :
— Où se trouve l'arrivée de gaz ?

Le prêtre me désigna un bout de tuyau qui sortait du mur :
— Il a enlevé la capsule ; c'est un branchement inutilisé.
— Et ils n'ont rien senti en bas ?
— Non.

— Depuis quand êtes-vous ici ?
— Je suis arrivé juste au moment où les infirmiers repartaient. Comme ils ne pouvaient plus rien faire pour lui, ils l'ont laissé au médecin légiste.

— Faudra s'arranger pour le faire enterrer. Vous lui devez bien ça.

— Je pense qu'on pourra faire quelque chose ; régulièrement, je n'aurais pas dû le confesser non plus ; j'ai pris ça sur moi.

— Qu'est-ce que vous voulez que ça change ? Rien du tout. Il y a sous terre des vers qui n'ont pas reçu l'absolution.

— S'il n'y avait pas de plainte déposée contre lui, je pourrais dire qu'il était fou.

— Je ferai retirer la plainte.

— Ça peut s'arranger.

— Alors je vous laisse ce soin. Vous pourrez vous occuper des déclarations à faire aux journaux. Prévenez sa famille, moi, je ne m'en charge pas, dis-je.

Un nouveau silence s'ensuivit.

— Je m'en vais, dis-je finalement, et je me dirigeai vers la porte.

— Inspecteur ! appela-t-il.

Je me retournai.

— J'avais oublié ; il a laissé un mot pour vous.

Le prêtre tira une enveloppe de son livre et me la tendit. Je l'ouvris ; il se détourna et s'approcha de la table. C'était bien l'écriture de Teeny ; voici ce que contenait la lettre :

> *Buck,*
> *Je suis fichu et je vois bien que c'est la seule chose qui me reste à faire. Mon avoir personnel dédommagera la banque et ma police d'assurance suffira à faire vivre ma famille.*
>
> *Quand je serai mort, ils ne seront pas assez fous pour se découvrir. Je n'en connais qu'un, et c'est l'intermédiaire. Naturellement, son nom est John Smith. Il est grand et a l'air d'un drogué, mais il a le visage couperosé, ce qui lui donne un faux air de bonne santé. Il porte au côté droit de la bouche une plaie qui doit être chronique car je la lui ai toujours vue. Un renseignement qui te sera peut-être utile pour le trouver : je demandais toujours Landseer 6880 ; c'était censé être le numéro d'un sanatorium féminin ; c'est une ligne privée. J'ai cherché à obtenir l'adresse en demandant à la Compagnie des Téléphones, mais ils n'ont rien voulu savoir.*
>
> *Attrape les salauds si tu le peux, sans trop faire parler de moi. Adieu.*
>
> TEENY.

Je me sentis devenir tout froid et un frisson intérieur me secoua. Serrant les mâchoires pour ne pas claquer des dents, je me dirigeai vers l'appareil et dis à la téléphoniste :

— Il y a une ligne spéciale qui est réservée à la police, dans le drugstore, sous le stade. Oui, dans le stade même. Donnez-la-moi. C'est l'inspecteur Saliotte qui parle. Bon, j'attends.

Je m'appuyai au mur. Le prêtre leva les yeux de sa Bible puis les baissa de nouveau et tourna la page. Devant moi, la chambre tanguait lentement de côté et d'autre. Un instant plus tard, j'entendis la sonnerie à l'autre bout de la ligne et quelqu'un décrocha l'appareil.

— Ici l'inspecteur Saliotte. Est-ce vous qui êtes de service au téléphone ?

— Oui, monsieur, répondit l'homme. Policeman Lunde, ajouta-t-il.

— Allez chercher le capitaine Mac Dunn. Il sera peut-être assis à ma place : section D, deuxième rang, fauteuils de ring.

— Il est ici, dehors. Le grand match est fini ; c'est l'avant-dernier combat, en ce moment.

— Appelez-le.

Quand Mac fut à l'appareil, je lui dis :

— Rentrez ça dans votre sale caboche : c'est dans notre secteur... une sale combine, vous devriez être au courant ; le numéro Landseer 6880 est dans ce secteur, non ? Eh bien ! vous devriez le savoir. Connaissez quelqu'un qui a l'air d'un drogué, sauf qu'il a la gueule couperosée, et qui porte une plaie sur le côté droit de la bouche ? Un grand mec, maigre... Si je savais son nom, est-ce que je vous le demanderais ?... John Smith, bien entendu... Ayez un peu de cervelle, nom de Dieu !

Il répondit lentement :

— C'est peut-être Salmon ; on l'appelle Salmon à cause de son teint.

— Qui est-ce ?

— Tient un *speakeasy* dans Sidelle Street, près de Blake Street. Un des nôtres. Il est régulier. C'est à peu près son signalement, mais ce n'est pas son numéro de téléphone, par exemple.

— Ligne spéciale. Croyez qu'il sera là ?

— Je comprends. Gros coup de feu, ce soir.

— Amenez-le au poste.

— Pourquoi ?

— J'ai quelques renseignements à lui demander, c'est tout.

— Très bien.

— ... Croyez qu'il y a quelque chose à faire avec les gens du téléphone ? demandai-je encore.

— Vous savez comment ils sont, ces salauds-là.

— C'est bon, Mac. Amenez-le. Je serai peut-être en retard, mais attendez-moi.

— À propos, Tierney a été battu, dit-il.

— Je m'en fous, dis-je, et je raccrochai.

À un de ces jours, dis-je au prêtre en prenant le chemin de la porte. Dites donc, attendez avant d'en informer la presse. Ne prévenez même pas sa famille. Faites-le enlever par une maison de pompes funèbres... quelqu'un qui sache tenir sa langue. Je vous dirai quand vous pourrez annoncer la nouvelle. Je me charge du coroner ; dites-lui simplement que je connais la famille du mort.

— Pourquoi ?

— Je vais poisser les responsables. Quel nom avez-vous donné aux types de l'hôpital ?

— Aucun. On a dû le leur donner en bas.

— Parfait.

— Si vous avez besoin de moi, vous me trouverez à l'université.

J'emmenai le policeman avec moi quand je sortis.

— Accompagnez-moi. Si nous sommes pris dans un encombrement, faites marcher votre sifflet. Nous allons faire un tour.

Il se tint sur le marchepied. Je démarrai, longeai le fleuve et empruntai diverses petites rues qui nous amenèrent jusqu'au parc. Nous le traversâmes à toute allure en prenant les virages à la corde. Les rues devenaient moins encombrées et le policeman ouvrit la portière et se jeta à l'intérieur. Au milieu du pont qui traverse le fleuve, nous trouvâmes le pont-levis fermé et il nous fallut attendre devant la barrière. Un remorqueur passa dans un nuage de fumée noire qui faisait clignoter les lumières rouges et vertes perchées en haut de son mât. Finalement, lorsqu'on eut rabaissé le pont-levis, nous traversâmes et je remis pleins gaz.

Le building de la Compagnie des Téléphones était bâti en triangle. Un des angles faisait le coin de deux rues. Tout en haut, le dôme et le drapeau qui le surmontait étaient noyés dans un flot de lumière. Je stoppai devant la porte.

— Restez là, dis-je au policeman, puis je descendis et me dirigeai vers l'entrée, qu'une faible lumière éclairait.

Il y avait là deux hommes : l'un était assis à une table, près de la balustrade séparant le bureau du hall proprement dit. L'autre, le veilleur de nuit — il portait son horloge de pointage suspendue à une courroie passée autour du cou — s'appuyait à la balustrade ; ils causaient. À ma vue, ils se redressèrent.

Je m'approchai de la table. Le jeune homme se leva.

— Vous désirez, monsieur ?

— Je suis inspecteur de police, dis-je en montrant mon insigne.

— Vous désirez, monsieur ?

— Il y a environ un an — non, quelque chose comme seize mois — vous aviez ici une employée : Dace Clarke. Elle était à l'Inter, service de nuit.

— Un instant, je vous prie.

Il alla consulter un classeur, chercha parmi les fiches et en sortit une.

— Elle est de service en ce moment, dit-il. Quelque chose qui ne va pas ?

— Non, non... rien de semblable. C'est personnel ; je voudrais la voir.

— Ce n'est pas la coutume...

— Je veux la voir, dis-je sèchement.

Il me considéra une seconde, puis fixa des yeux sa main tenant la barre nickelée.

— Si vous voulez bien me suivre, fit-il, s'adressant à sa main ; et il poussa le portillon.

Je le suivis. Il ouvrit une porte, entra, et fit de la lumière. J'entrai derrière lui. La pièce était garnie de meubles en osier.

— Asseyez-vous, monsieur.

— Je reste debout.

Il s'en alla et je l'entendis qui téléphonait ; j'attendis. Pour un endroit calme, c'était certainement un endroit calme. Le bruit de là-haut semblait avoir été muré au-dessus de moi. Il y avait un annuaire sur la table ; je le pris machinalement, puis le remis où je l'avais trouvé. Dace se tenait sur le seuil. Elle entra, s'arrêta, puis s'avança encore un peu.

— Ça, par exemple, s'exclama-t-elle.

Et lorsqu'elle fut devant moi, elle répéta :

— Ça, par exemple !

— Hello ! Dace, dis-je.

— Le grand Buck soi-même. Et qu'est-ce qui amène monsieur si tard en visite chez une pauvre petite ouvrière ?

— Ça va ! Assieds-toi.

Elle s'assit et comme elle croisait les jambes, sa blouse de travail verte s'ouvrit, découvrant ses genoux.

Elle essaya de la fermer, mais, n'y arrivant pas, elle couvrit son genou avec sa main.

— Tu grossis, Buck.

Instinctivement, je rentrai le ventre.

— Qu'est-ce qui me vaut l'honneur ?

— J'ai besoin que tu me rendes un service.

Entre ses doigts crispés sur son genou, la chair se gonfla. Elle eut un petit rire et dit :

— C'est bien de toi, ça : tu fous les gens à la porte et après tu viens leur demander un service. (Elle se remit à rire.) Et le plus marrant de l'histoire, c'est que tu l'obtiens.

— C'est très important.

— Il n'y a que le beau sexe qui ait de l'importance pour toi.

— J'étais sincère, dis-je.

— C'est bien possible — à l'époque.

— C'est vrai.

— Alors, qu'est-ce que tu veux ?

Je baissai la voix :

— Une adresse ; j'ai le numéro. C'est une ligne privée.

— Pour que ce soit moi qui déguste ? Rien de fait.

— Personne ne le saura.

— Et d'abord, ce n'est pas mon rayon.

— Et tes copines ?

Elle réfléchit un moment, puis :

— Pourquoi le ferais-je, bon Dieu !

— C'est important.

De nouveau, ses doigts se croisèrent, puis se détendirent et caressèrent la chair, au-dessus du genou.

— Passe-moi l'appareil qui est là-bas, dit-elle.

Je posai le téléphone à côté d'elle, sur une petite table. Elle demanda un numéro.

— C'est toi, Lou ? interrogea-t-elle... C'est Dace. J'ai besoin de te voir. Je t'attends au lavabo, tout de suite.

D'un geste très lent, elle raccrocha, puis elle se leva et dit :

— Faut-il que je sois gourde, bon Dieu. Quel est le numéro ? (Je le lui donnai.) Attends, Je reviens.

Elle sortit.

Je fis plusieurs fois le tour de la pièce. Le jeune homme s'amena, jeta un regard à l'intérieur et retourna à son bureau. Dace revint et m'annonça que j'en avais pour un moment. Je lui offris un siège qu'elle refusa. Je m'approchai d'elle et lui dis :

— J'apprécie ce que tu fais pour moi ; je ne l'oublierai pas.

— Non, je suis tranquille ! C'est bon. Garde tes remerciements.

Sa blouse était assez décolletée. On apercevait plusieurs petites cicatrices blanches juste au-dessus des seins.

— Ça se voit encore, remarquai-je.

Elle abaissa son regard sur mes mains et dit :

— Tes ongles sont toujours aussi pointus ?

— Je n'ai su qu'ils étaient pointus que la fois où tu t'es mise à hurler.

Elle ramena légèrement sa blouse vers le haut pour cacher les cicatrices.

— J'ai un petit ami, maintenant.

— C'est bien, ça, dis-je.

— C'est un Suédois, une tête carrée, un peu bête, mais...

— Bravo, c'est très bien.

— Oh ! ferme ça !

Le téléphone sonna ; elle prit le récepteur :

— Merci, ma chérie, répondit-elle.

À moi :

— 112, Sidelle Street.

— Ça doit être près de Blake Street, dis-je. Merci, je ne t'oublierai pas.

— C'est une tête carrée et il est gentil, mais après toi... Fous-moi le camp d'ici avant que je ne te traite comme le sale voyou que tu es.

Je sortis.

Ils étaient là, fumant des cigarettes et causant avec le sergent de service, quand j'entrai. Mac me présenta à Salmon.

— Hello ! dis-je. Montez-donc. Restez ici, Mac.

— Il est régulier, fit Mac. Il marche avec nous.

Puis, s'adressant à Salmon :

— L'inspecteur est un bon type.

Nous montâmes. Arrivé dans le bureau, je tournai l'interrupteur, ensuite j'allumai la lampe portative, après quoi j'éteignis de nouveau la lumière centrale.

Je pris place derrière mon bureau ; Salmon s'assit en face de moi.

— Comment ça va, les affaires ?

— Pas fort, répondit-il.

Je souris et lui dis :

— Vous avez peur que je vous demande d'augmenter notre pourcentage ?

— Non ; ça ne gaze pas fort...

— J'ai quelques questions à vous poser.

— Du moment que c'est dans la limite du possible...

— Comment ça marche, le sanatorium féminin ?

Il tressaillit et répondit :

— Nous avons besoin d'une ligne privée pour

les gros clients. C'est comme ça que nous faisons nos affaires, nous autres ; de cette façon, nous pouvons traiter par caisses.

Je le tins une bonne minute sous mon regard, sans dire un mot, puis :

— Salmon, combien avez-vous palpé dans l'affaire Tinevelli ?

Sous la lumière verte, les plaques jaunâtres de son visage tournaient maintenant au gris verdâtre ; il se leva :

— Je ne saisis pas.

— Encore une fois : qui est-ce qui a combiné le coup et qui était le chef ?

— Ma parole, je ne sais pas ce que vous voulez dire.

— Une dernière fois, dis-je en me levant tout doucement, les mains appuyées à plat sur le bureau : allez-vous l'ouvrir, oui ou non ?

— Je ne sais pas ce que vous voulez dire.

Sa surprise avait été telle qu'il ne trouvait rien d'autre à répondre.

Ma main droite quitta le bureau, mes doigts se refermèrent et mon poing s'abattit en coup de faux. Ma chevalière lui fendit la joue et je sentis l'os du nez céder sous la violence du coup.

Il vacilla un peu et aspira lentement une large bouffée d'air qui lui racla la gorge. Le sang qui ruisselait de ses narines revint dans sa bouche au moment de l'aspiration et le fit tousser ; ma figure en fut tout éclaboussée ; je m'essuyai. Ses yeux se fermèrent et, soudain, il s'affaissa et sa tête heurta le coin de la table. Le sang coulait à flots et formait sur le buvard vert qui l'absorbait une tache sans cesse grandissante.

Au bout de quelques minutes, voyant qu'il était toujours immobile, j'allai au lavabo tremper une serviette dans l'eau froide et lui en donnai quelques claques sur la nuque. Il remua légèrement ; je tentai alors de le relever et de l'adosser à sa chaise, mais sa tête retomba aussitôt et il ouvrit les yeux.

— Vous m'entendez ? lui demandai-je.

Il réussit à grand-peine à faire un signe de tête affirmatif.

— Qui ?

— Attendez une minute, finit-il par articuler.

J'attendis ; il releva la tête. Il avait le nez complètement de travers.

— Ils me feront mon affaire si je parle, dit-il.

Je ne le comprenais qu'avec difficulté.

— Ils n'en sauront rien. Tout ce que je veux savoir, c'est le nom. Je m'arrangerai pour le cuisiner, et quand j'en aurai fini avec lui...

— Lester, fit-il.

— Lester ? (Je tournai et retournai le nom dans ma mémoire.) Martin Lester, celui qui était associé avec Big Stem James dans l'affaire des boîtes de nuit de Québec ?

— Je ne sais pas qui est James, mais c'est bien Martin son prénom.

— C'est ça, c'est bien lui, dis-je. Bande de salauds ! C'est quand même curieux de voir que vous faites tous partie de la même grande famille. Il suffit de mettre un doigt dans le tas d'ordures, et d'en sortir l'un de vous, pour s'apercevoir que vous êtes tous plus ou moins liés les uns aux autres. Tous copains, hein ? Vous formez des équipes entre vous et ça casse parce que vous avez trop confiance les uns dans les autres, et après ça, vous recommencez et on vous retrouve dans toutes les combines dégueulasses, qu'il s'agisse de boucher les fentes des taxiphones pour emmerder le monde ou de refaire une femme d'une passe à cent sous... alors, j'écoute.

Il bégaya quelque chose, s'étrangla et cracha de l'écume rouge.

— Quoi, quoi ? Débarrassez-vous des cochonneries que vous avez dans la bouche, que je puisse comprendre.

Il se mit à pleurer et balbutia :

— Merde alors, après que vous m'avez collé un jeton pareil, comment voulez-vous que je parle clairement ?

— Allez, allez, accouchez !

— Ce n'est pas à moi qu'il faut en vouloir ; je ne l'ai su qu'après. J'ai fait ça pour Lester ; il me l'a demandé.

— Assez pleurniché. Pourquoi ont-ils choisi Tinevelli ?

— Lester a vu dans un journal un article sur lui, où on disait que tout le monde avait confiance en lui, et qu'il était la grosse légume de la banque...

Il s'interrompit pour cracher et continua :

173

— Et un Italien, on le possède comme on veut avec une jolie femme.

— Et la gonzesse, qui est-ce ?

— Elle n'est plus ici ; Lester a arrangé ça. Parlez d'une photo ! Le mec était... oh ! et puis c'est elle qui a dû lui faire ça ; quand on est noir, on ne sait plus ce qu'on fait.

— Combien vous touchiez ?

— Cinq pour cent.

— Qui sont les autres ?

— Sais pas. C'est Lester le patron, c'est tout ce que je sais.

— Fumier ! Et Lester savait qu'il avait de la famille ?

Il se pencha pour cracher.

— Dans la serviette, nom de Dieu ! lui dis-je.

Il me regarda d'un air de reproche et laissa le sang s'égoutter de sa bouche sur la serviette que j'avais étalée sur le bureau.

— Est-ce qu'il savait qu'il avait de la famille ? repris-je.

— C'est bien là-dessus qu'il comptait. Tout y était, dans le journal.

Je m'assis et décrochai le récepteur.

— Reilly, appelai-je.

— Oui, monsieur.

— Sortez le docteur Raider de son lit et dites-lui de venir ici. S'il n'est pas chez lui, laissez un message. Faites la même chose avec le juge Campiglia ; dites-lui d'apporter un mandat d'arrêt pour vol. Je prends la responsabilité.

— Bien, monsieur.

Je raccrochai.

— Le docteur va vous rafistoler. N'ayez pas peur, personne ne le saura.

— Merci..., il me fera mon affaire, dit-il en s'efforçant d'essuyer le sang qui ruisselait sur son visage.

— Appuyez la serviette mouillée sur votre figure, dis-je ; ça arrêtera le sang et ça calmera la douleur. Le toubib va arriver tout de suite.

Il ramassa la serviette humide et s'en couvrit le visage. Je me penchai et tirai une bouteille du tiroir.

— Prenez un verre, ça ne vous fera pas de mal.

Il refusa d'un signe de tête. Je bus un coup.

— Je reviens dans un instant, dis-je en me dirigeant vers la porte.

Je savais que la drogue lui manquait terriblement et je voulais lui donner l'occasion de prendre sa dose.

## 12

Il était cinq heures du matin quand je pus enfin quitter le poste. Le docteur était venu et avait raccommodé Salmon. Nous le couchâmes en bas dans une cellule. Je l'informai qu'il pourrait s'en aller quand cela lui plairait ; il me répondit qu'il avait l'intention de dormir un peu avant de rentrer chez lui.

Le juge Campiglia n'était pas venu. Il avait dû assister au match, puis finir la soirée dans les boîtes de nuit. Ça n'avait pas grande importance, sauf que j'avais attendu pour rien ; je pourrais toujours obtenir le mandat d'arrêt le lendemain.

Je ne me sentais pas d'humeur à rentrer chez moi me coucher ; l'envie me prit de voir Beth et de lui parler. Je m'efforçai de chasser ce désir, puis j'en vins à me demander pourquoi je n'irais pas, tout simplement. Il me faudrait une heure pour aller là-bas, et six heures du matin, ce n'était pas une heure tellement insolite...

Le jour se leva en cours de route ; les rues étaient désertes ; c'était très agréable de conduire dans ces conditions : d'abord dans l'obscurité, ensuite dans la faible clarté du petit jour, et enfin en pleine lumière. J'avais ouvert une vitre et l'air froid s'engouffrait en trombe, et m'arrivait en plein visage.

Plus loin, je croisai de gros camions chargés de légumes et de produits de la campagne. Ils passaient dans un grondement sourd ; les chauffeurs semblaient fatigués et transis.

À la porte de l'immeuble, j'appuyai un petit coup sur le bouton ; il ne se passa rien. Je dus appuyer plusieurs fois avant que le ronfleur se déclenchât ; je montai et sonnai à l'appartement.

— Qui est là ? fit-elle à voix basse.

— C'est moi, Buck, répondis-je.

Elle tira le verrou et ouvrit la porte. J'entrai. Elle était en kimono.

— Qu'est-ce que vous voulez, Buck ? Il est si tôt.

— Je veux vous parler.

— À cette heure ?

Je vis que ma visite matinale l'avait irritée.

— Était-ce si urgent ? continua-t-elle.

— J'avais absolument besoin de vous parler.

Elle fit demi-tour et traversa le vestibule ; je la suivis.

— Asseyez-vous, dit-elle.

Elle s'en alla dans la salle de bains et je l'entendis qui se lavait les dents. Bientôt, elle revint et s'assit à côté de moi sur le sofa ; elle tenait une brosse à cheveux.

— Qu'est-ce que vous vouliez ? interrogea-t-elle.

Je me penchai et l'embrassai sur la bouche ; elle sentait le dentifrice. Je passai mes doigts dans ses cheveux qu'elle avait longs et soyeux et d'une belle couleur brune.

— Que vouliez-vous me dire ? reprit-elle en penchant la tête en arrière pour les brosser.

Elle était très fière de ses cheveux.

Je lui narrai toute l'affaire Teeny depuis le début. C'était surtout pour me soulager moi-même que je le faisais, mais je voulais qu'elle comprît. Je fus peut-être brutal dans ma façon de raconter, mais je ne jouais plus la comédie, maintenant. Je n'avais rien à gagner et je n'aurais pas pu modifier ma voix. Tout ce que je voulais, c'était me confier à quelqu'un qui comprendrait les choses comme je les comprenais moi-même.

Quand j'eus terminé, elle arrêta de brosser ses cheveux et dit :

— Je ne le plains pas ; je plains sa femme.

La colère me prit, car je voyais qu'elle se comportait comme n'importe quelle femme.

— Il n'avait pas besoin de pitié, dis-je.

— C'était un lâche.

— Vous pensez ça ?

— Et vous, qu'est-ce que vous en pensez ?

— C'était un geste réfléchi. Il a joué le jeu, bon Dieu !

— Oui, et le reste ?

— Il n'y était pour rien ; n'importe quel homme en aurait fait autant, dis-je.

Je ne lui avais pas dit ce que révélait la photo.

— Comment pouvait-il prétendre aimer sa femme et faire cela ?

— C'est possible.

— Non, c'est impossible.

— Ne soyez pas si femme.

— C'est ça, l'ennui avec les hommes ; ils ont l'air propres à l'extérieur et l'intérieur est sale.

J'étais furieux :

— Et vous ? dis-je.

Elle devint livide ; sa lèvre inférieure commença à trembler, puis ses lèvres se rejoignirent et ne formèrent plus qu'une mince ligne droite. Elle hocha la tête et dit :

— J'attendais ça, un jour ou l'autre. Oui, je m'attendais à cela.

— Je ne voulais pas dire ça ; c'est la colère.

— Je m'attendais à ce que vous me le disiez quand vous seriez en colère.

— N'y pensons plus.

— Si. Il va bien falloir qu'Henry revienne, de toute façon.

— Il ne saurait rien.

— Je ne veux pas continuer ainsi.

— Vous pourriez divorcer.

Elle me regarda longuement.

— Vous ne savez même pas vous-même ce que vous pensez, dit-elle. Vous croyez cela maintenant, mais, dans le fond, ce n'est pas vraiment ce que vous pensez.

— En voilà une façon de me parler, après m'avoir dit que vous m'aimiez.

— Et le plus curieux de l'histoire, c'est que c'est vrai.

— Eh bien ! alors, qu'est-ce que ça signifie ?

— Je ne crois pas que vous compreniez jamais. Ça ne peut que mal finir et c'est moi qui en supporterai les conséquences.

— Il n'est pas nécessaire que ça finisse mal. Vous pouvez le quitter, et je m'arrangerai pour le faire poisser.

— Non, Buck. (Sa voix se fit très douce.) Même si j'étais libre, je ne me marierais pas avec vous.

— ... S'il n'y a pas de quoi se mettre en rogne quand on entend des boniments pareils !

— Pas la peine de continuer. C'est fini entre nous deux.

— Ce n'est pas fini, dis-je en me levant.

— Vous ne pouvez pas me traiter ainsi. (Elle parlait toujours d'un ton très calme.)

— Je raconterai tout au Yid, dis-je.

— Vous ne le ferez pas. Vous tenez trop à votre situation !

— Je me fous de ma situation !

— Peut-être en ce moment, mais à tête reposée, non.

— Non ?

— Allez-y ; allez dormir, faites venir Henry.

— Envie de changer ?

— Ne soyez pas grossier, Buck. Vous n'arriverez pas à me rendre plus malade que je ne le suis.

— Vous avez envie de changer, répétai-je.

— Eh bien ! si ça peut vous faire plaisir, je suis une putain. Je peux tout aussi bien le dire ; c'est exactement l'effet que je me fais à moi-même.

— Vous avez besoin de sommeil. Je vous ai réveillée et vous êtes furieuse.

— Vous croyez que j'ai pris cette décision subitement, parce que je suis en colère ?

— Vous l'avez prise subitement.

— Je ne suis pas en colère.

— Si.

— Non. Les premiers jours ont été merveilleux, mais ensuite, j'ai commencé à réfléchir.

— À quoi ?

— Qu'importe ! Vous ne comprendriez pas. Vous feriez mieux de m'embrasser et de me dire au revoir.

— Je ne vais pas me contenter d'un baiser. (Je disais cela pour l'exciter.)

— Rien qu'un baiser.

— Je ne vous donnerai rien du tout.

Tandis que j'étais là debout à la regarder, elle contemplait le tapis, puis elle commença à se brosser lentement les cheveux. Je ramassai mon chapeau et mon pardessus et je sortis.

J'entrai chez le droguiste du coin et demandai le capitaine Mac au téléphone.

— Téléphonez chez Tinevelli — vous connaissez

le numéro — et dites à ce sale Juif de revenir. Collez-le de garde quelque part, dis-je.

— Où ça ? À pilonner le bitume ?

— Oui — une seconde ! Nom de Dieu, non ! Dites-lui de prendre la journée de sortie et de rentrer chez lui. Je le verrai demain.

— Qu'est-ce qui se passe, chef ?

— Rien, dis-je, et je raccrochai.

Il était encore très tôt, et il y avait peu de trafic dans les rues. Je conduisais aussi vite que je le pouvais. Quand j'arrivai à la maison, Myra était déjà là.

— Vous n'êtes pas rentré cette nuit, dit-elle.

— Non, répondis-je, et j'allai dans le salon boire un demi-verre à eau de cognac.

Je m'assis, et Myra, debout dans l'embrasure de la porte, fit :

— Que se passe-t-il ?

— Rien.

— C'est faux.

— Rien du tout. J'ai soif.

— Vous ne buvez jamais de cette façon.

— Chameaux de femmes ! dis-je, et j'avalai un second verre.

— Ne faites pas ça !

— Qu'est-ce que ça peut bien vous foutre ?

— Buck, ne faites pas ça !

— Ça va, la ferme ! dis-je, et je continuai à boire.

Elle s'approcha et posa une main sur mon épaule.

— Qu'est-ce qui est arrivé ?

— La ferme, oh ! la ferme !

— Racontez-moi, fit-elle en appuyant sa main sur mon front.

— Saloperies de femmes !

L'alcool me donnait envie de pleurer et je ne pouvais pas pleurer ; et soudain, le divan se déroba sous moi et Myra s'efforçait de me soulever du parquet.

— Feriez mieux de vous mettre au lit, dit-elle.

— J'ai quelque chose d'important à faire aujourd'hui. J'ai...

— Vous êtes malade et vous n'avez pas dormi de la nuit, Buck.

— Faut que je fasse son affaire à ce fumier de Martin Lester.

— Allons, venez, Buck. Couchez-vous. N'y pensez plus.

Elle me soutint jusque dans la chambre et m'aida à me déshabiller. Je tombais de sommeil et, comme les stores étaient baissés, je m'endormis immédiatement. Je ne saurais dire combien de temps je restai inconscient, mais j'ouvris les yeux et le lit basculait sur le côté ; je me retrouvai par terre et le parquet se mit à bouger de la même façon. Myra accourut et m'emmena dans la salle de bains. Je vomis et me sentis mieux. Après cela, je m'endormis pour de bon.

Il faisait noir quand je me réveillai. J'éprouvais une sensation de vide à l'estomac et un goût amer dans la bouche ; je bus un verre de « Striga di Benevento », le sirotant à petits coups pour éviter les nausées. Habillé, je remplis d'alcool un flacon d'argent long et plat, et je sortis pour manger quelque chose.

Hélant un taxi, je dis au chauffeur de me conduire n'importe où. En chemin, je bus quelques gorgées à même le flacon ; je me sentais tout ragaillardi lorsque le taxi s'arrêta devant une petite porte, dans une rue avoisinant le quartier des théâtres. Je descendis, réglai le chauffeur et cherchai à m'orienter. Je me trouvais dans mon propre secteur, pas loin du poste, et devant la porte d'une boîte de nuit.

Le concierge m'ouvrit. L'escalier conduisant au hall était raide et s'incurvait à droite ; je bombai le torse et descendis lentement les marches.

— Comment vont les affaires ? demandai-je à l'employée du vestiaire en lui tendant mon chapeau et mon pardessus.

— C'est mort, ce soir ; ça devient une habitude.

Dans la cabine située sous l'escalier, un homme était en train de téléphoner. La personne qui se trouvait à l'autre bout du fil devait probablement mal entendre, car il hurlait :

— Dis-lui d'ouvrir la boutique à ma place, demain ; je ne rentre pas à la maison. Non, je ne rentre pas à la maison !

Je poussai les portes battantes ; au centre du parquet de danse, deux acrobates exécutaient leur numéro et les girls se tenaient assises de chaque côté, sur le bord du tapis. L'orchestre ne jouait pas ; un garçon vint à ma rencontre et me guida vers une table du centre. Il y avait beaucoup de tables inoccupées ; c'était mort. Je commandai un petit steak.

Mon genou gauche frôlait le dos de la danseuse qui était assise le long du parquet, tout contre ma table. Voyant qu'elle se trémoussait, je m'aperçus que son épaulette s'était déchirée et que, si elle remuait ainsi, c'était pour empêcher sa robe de glisser. Ôtant l'épingle de mon col mou, je la touchai à l'épaule.

— Tenez, mon petit, lui dis-je.

Elle la prit, m'adressa un sourire et tenta d'épingler la bretelle à sa robe, mais la déchirure se trouvait dans le dos. Je me penchai, lui pris l'épingle des mains et réparai l'accident.

— Merci, fit-elle avec un sourire.

Deux hommes et deux femmes entrèrent et s'installèrent à la table voisine. Le dos de l'homme qui prit place tout contre moi me rappela quelque chose ; il dut sentir que quelqu'un le regardait car il se retourna : je reconnus le docteur qui m'avait radiographié.

— Bonsoir, inspecteur ! Venez donc vous asseoir avec nous.

Je me mis à leur table.

— Je vous présente ces jeunes personnes, fit-il.

— Encore des cousines, sans doute ?

Il se mit à rire et, désignant son compagnon :

— Je vous présente Martin Baylis ; il enseigne l'art d'écrire des poèmes à la Metropolitan University.

— Sans blague ?

Le docteur s'esclaffa. Martin Baylis me regarda froidement, puis se tourna vers sa voisine et continua sa conversation. Je l'entendis qui disait quelque chose à propos de « son style ». Tout le temps que je plaisantai avec le docteur et l'autre femme, le poète ne cessa de discourir. La femme qui était avec lui avait l'air de s'ennuyer mais de temps en temps, elle ne pouvait s'empêcher de rire sans se préoccuper de ce que nous disions. Au bout d'un moment, Martin Baylis commença de se noircir et cessa de parler de « son style » pour aborder la question de l'« inspiration » ; ça lui allait mieux.

— C'est mort, ce soir, remarqua le docteur.

— On dirait que vous connaissez la maison, dis-je.

— Allons tous chez moi, reprit-il.

— Je n'ai pas de femme, fis-je observer.

— Ça ne fait rien, dit-il. (Mais je voyais bien que cela lui déplaisait.)

— Attendez une minute.

La troupe de girls exécutait un numéro de danse et, lorsqu'il fut terminé, j'arrêtai au passage celle dont j'avais épinglé la robe et lui demandai si cela lui plairait de nous accompagner.

— Je voudrais bien, répondit-elle, mais j'suis coincée ici jusqu'à trois heures.

— Allez dire au directeur que j'ai à lui parler.

Elle disparut derrière les portes battantes de l'entrée de service. Un instant après, elle revint et me désigna du doigt à un petit homme qui l'accompagnait. Il s'approcha.

— Vous me connaissez ? demandai-je.

— Qui ne vous connaît pas dans notre métier, inspecteur ?

— Peut-elle venir ?

— Elle est en train de s'apprêter. Désirez-vous quelque chose d'autre ? demanda-t-il, sa petite moustache sautillant à chaque mouvement de ses lèvres.

— Avez-vous de l'alcool chez vous ? demandai-je au docteur.

— J'en ai à revendre, fit-il avec un gros rire. (Il était légèrement ivre.)

— Non, rien d'autre, dis-je, répondant à la question du directeur.

— Quand vous aurez besoin de bonne comelote, inspecteur, vous n'aurez qu'à me faire signe.

— Entendu, je m'en souviendrai.

Il s'en alla ; la chorus girl vint nous rejoindre. Tout le monde se leva.

— Comment vous appelez-vous ? lui demandai-je.

— Lucille.

Je fis les présentations et, après un arrêt au vestiaire, toute la troupe s'installa dans la voiture du docteur ; il prit le volant. Notre course à travers la ville fut un modèle de soulographie acrobatique.

Arrivés devant l'hôtel, tout le monde descendit. Le docteur ouvrit la porte et nous entrâmes, laissant chapeaux et pardessus dans le salon d'attente, puis, en file indienne, nous montâmes l'escalier qui était trop étroit pour deux personnes marchant de front. Ayant traversé le bureau carrelé de blanc, nous pénétrâmes dans la pièce qui se trouvait de l'autre côté ; tout cela semblait irréel : un moment, vous vous sentiez effrayé et transi et l'instant d'après, vous étiez installé bien au chaud, en sécurité ; la pièce dans laquelle nous venions d'entrer était ainsi.

Le docteur nous appela et nous réunit autour d'une petite porte, sous une espèce d'alcôve. Il l'ouvrit, appuya sur un bouton et fit apparaître un bar miniature avec son comptoir, sa barre de cuivre, ses étagères et tout un stock d'argenterie et de verrerie. Tout le monde s'extasia. Nous nous alignâmes devant le comptoir ; le docteur souleva l'abattant qui en obstruait l'entrée, passa derrière et ouvrit un placard dans lequel des bouteilles de formes variées se trouvaient rassemblées autour d'un frigidaire.

— Vous allez voir, dit-il.

Il choisit plusieurs bouteilles — je reconnus le vermouth, la bénédictine, la crème de cacao, la crème de menthe — et versa dans un verre un peu de chaque liqueur en prenant soin de ne pas mélanger les coloris. Il confectionna le même breuvage pour chacun de nous ; pendant ce temps-là, les conversations allaient bon train.

— Buvez doucement, recommanda-t-il.

Nous trinquâmes : « À la tienne, à la bonne vôtre, je vous en souhaite beaucoup comme celui-ci », etc..., etc... Nous buvions lentement afin de garder à chaque liqueur son goût distinct. Je bus le mien tout en surveillant les autres ; le vert disparut le premier, puis le rouge, puis le vert et le brun en dernier. C'était épatant.

Après en avoir ingurgité plusieurs autres, nous emportâmes quelques bouteilles dans la pièce à côté. La femme qui était avec Martin Baylis voulut s'asseoir sur ses genoux, mais il la repoussa et déclara :

— Aucune femme n'a jamais inspiré un poète.

Elle fit : « Oh, dis, sans charre ? » et tenta de nouveau de s'asseoir.

— Aucune femme n'a jamais inspiré un poète, reprit-il à voix forte.

Lucille s'approcha de moi et s'assit à mes côtés. Elle appuya sa tête contre ma poitrine et m'enlaça. Passant mon bras autour de sa taille, je fermai les yeux et la tins serrée tout contre moi. Mon amour, mon bel amour... Ce soir, mon amour était étendu au côté de quelqu'un d'autre, ses seins pressés contre la poitrine d'un autre... Bois, nom de Dieu, bois pour l'oublier !

Repoussant Lucille, je me levai brusquement et m'approchai du meuble de T. S. F. sur lequel je donnai de violents coups de poing qui firent vaciller les candélabres. Baylis vint vers moi et posa sa main sur mon épaule :

— Qu'est-ce qu'il y a, mon petit ? Gentil garçon, si triste...

Je l'écartai d'une poussée et lui dis :

— Vas-tu me laisser tranquille, espèce de fiote !

Il m'avait agrippé le poignet.

— Regardez donc le poignet de ce garçon, fit-il en l'encerclant de ses doigts.

Je dégageai mon bras.

Baylis fit marcher la radio et, dès les premières mesures, Lucille et le docteur se mirent à danser. Les deux autres femmes discutaient d'une voix pâteuse à propos de quelque chose.

— Aucun poète n'a jamais été inspiré par une femme, déclara Baylis.

— Tais-toi, grande coquine, dis-je. Je rentre chez moi.

Personne ne s'intéressa à mon départ.

# 13

Le lendemain, j'avais l'impression que ma tête était un ballon gonflé à bloc que le poids de mon corps empêchait de s'envoler ; mais je me sentais soulagé. Il ne me restait plus qu'à m'efforcer de dissimuler la haine que j'éprouvais pour lui.

Lorsque j'entrai dans le poste, le capitaine Mac vint à ma rencontre ; il avait l'air surexcité, ce qui lui arrivait rarement.

— Qu'est-ce que vous en pensez ? fit-il.
— Qu'est-ce que je pense de quoi ?
— Vous n'êtes pas au courant ?
— Non.
— Stein a dégusté, hier soir.
— Ça devait lui arriver, à ce petit. Comment s'y sont-ils pris ?
— La nuit dernière, il sort d'un taxi et le taxi se débine. Quelqu'un s'approche par-derrière, lui colle un revolver sur la nuque et tire. Le chauffeur s'arrête et voit un mec qui se planque au coin d'une rue et comme c'est un marle, il les met et s'amène au poste. Quand le concierge se décide à sortir,

Stein est aussi mort que la grand-tante de son arrière-grand-mère. Nous avons poissé tout ce que nous avons trouvé de poissable, mais vous savez aussi bien que moi que ce n'est pas ça qui servira à grand-chose.

— Je suis content que ça ne soit pas passé dans notre district.

— Heureusement, Dieu merci !

— Merci au type qui l'a assaisonné. Je me demande ce que va faire la petite — ça, c'est fichu.

— Quelle petite ?

— La jeunesse avec laquelle Stein était collé.

— Il n'est pas le seul.

— Vous êtes au courant ?

— Et comment ! Il n'y a pas un « pied-plat » qui ne soit au courant.

— Et moi qui croyais tenir quelque chose de sérieux.

— Bien sûr, tout le monde le savait, et ils se préparaient tous à lui bondir sur le paletot. Wallace court avec elle aussi. Il entretient une Chinoise — et quelque chose de bien, je vous prie de le croire — dans un appartement de Rider Street et, de temps en temps, il s'offre la petite pour changer. Il varie son menu.

— L'ordure !

— Vous l'avez dit.

— Vous êtes verni, Mac.

— À ce point de vue-là, oui.

— À tous les points de vue, vous êtes verni.

— C'est bon, je suis verni. Quelque chose vous démange.

— Rien du tout.

— Y a pas si longtemps, vous disiez que c'était moche.

— Qu'est-ce que vous traînez !... bête comme un Écossais. Naturellement que c'est moche, et en même temps c'est une veine.

— Je veux être pendu si je comprends !

— Idiot d'Écossais que vous êtes ! C'est merveilleux et parfois, quand on n'arrive pas à l'avoir comme on le voudrait, on dirait que quelque chose vous arrache les boyaux.

— L'avoir comme on le voudrait ? ...

— Oui, à ma façon à moi... pour moi, du moins. Pour des types comme Wallace et Stein, l'autre leur est réservée.

— Si je le pouvais, tout le monde serait content, fit-il.

— Vous êtes un brave type, Mac. Venez donc là-haut boire un verre. J'ai l'impression que ma tête va éclater.

— Le juge Campiglia est là-haut ; il est venu deux fois, hier. Votre bonne femme a téléphoné pour dire que vous étiez malade et que vous ne viendriez que ce matin, alors je lui ai dit de revenir aujourd'hui.

— Le juge est *okay*. Montons.

Nous montâmes. Le juge était assis dans l'antichambre ; il se leva et me tendit la main ; le capitaine Mac entra derrière nous. Le Yid se tenait assis, sa chaise en équilibre contre le mur, une cigarette à la bouche.

— Hello ! chef, fit-il, et le mégot qui collait à sa lèvre inférieure oscillait à chaque syllabe.

— ... lo, Yid, répondis-je. Assieds-toi, Pete. (Ceci au juge.)

Il s'assit. Je sortis la bouteille et préparai la tournée.

Nous bûmes.

— Faut que je descende, dit Mac.

— Emmenez Levinson avec vous, Mac ; c'est personnel.

Mac fit un signe au Yid, et ils s'en allèrent. Avant de commencer, j'attendis que se fût éloigné le bruit de leurs pas sur les marches de bois.

— Alors, ça gaze ? s'enquit le juge Campiglia.

— On se défend, Pete. Et toi ?

— Ça va.

— Ça gaze, alors.

Nous nous connaissions depuis longtemps, ayant vécu ensemble dans la Petite Italie. En même temps qu'on m'offrait l'occasion d'acheter le poste de sergent de police, il achetait sa charge. Nous nous voyions au tribunal, mais nos relations s'arrêtaient là. Il n'existe au monde rien de comparable à un Italien ayant de l'argent et une situation.

Avait-il le mandat d'arrêt ? Oui, il l'avait sur lui ; il n'y manquait que la signature...

— Oui, j'ai des charges suffisantes, lui dis-je, et je lui racontai toute l'affaire Teeny.

C'était maigre pour soutenir l'accusation, remarqua-t-il... le témoignage d'un drogué... Ça n'irait peut-être pas tout seul avec le jury... Je l'assurai que tout irait bien parce que, lorsque j'arrêterais « M. John Doe[1] », je m'arrangerais pour obtenir des aveux.

Nous parlâmes de faire retirer la plainte déposée contre Teeny ; il promit d'arranger ça : comme il s'agissait d'un premier délit, la restitution suffirait à faire clore l'instruction.

Prendrait-il un autre verre ? Volontiers. À la tienne, bonne chance. Fameux, cet alcool, fameux. Ça ne se trouvait pas facilement, du bon alcool. Non, c'était vrai. Alors, il fallait qu'il s'en aille. Moche, nom de Dieu, tout ce qu'il y a de moche, ce qui arrivait à Teeny ; il allait arranger ça, je pouvais compter sur lui.

— Merci, dis-je, merci ; si tu fais ça, t'es un ami. Au revoir, au revoir.

Je l'accompagnai dans l'antichambre ; après une dernière poignée de main, il descendit l'escalier.

Je me tournai vers le secrétaire civil :

— Schlegel, vous êtes venu chercher quelque chose dans mon bureau.

— Non, monsieur ; pas depuis...

— C'est bon. Sonnez en bas et dites au capitaine Mac de faire un saut jusqu'ici.

Je rentrai dans mon bureau et peu après Mac fit son apparition.

---

1. *M. John Doe* : M. Untel.

— Vous savez, Mac, tout bien réfléchi, je ne pense pas que ça fasse tellement de raffut à propos de Stein. Le vieux va s'arranger pour qu'on en parle le moins possible. Ils étaient comme les deux doigts de la main, tous les deux. Les journaux vont s'en occuper jusqu'à ce qu'une autre affaire les accapare. Il ne faudrait pas que ça s'ébruite trop.

— De toute façon, avant de sonner le Wallace, vous feriez bien d'attendre que tout ça se soit un peu tassé.

— Rien à craindre avec lui ; il paiera.

— C'est entendu, il est régulier, mais qu'est-ce qu'il a dû paumer ! Il y a un tas de types qui ont perdu gros du fait qu'on a remplacé l'arbitre, et il n'est pas nécessaire d'être bien malin pour deviner que c'est un de ces mecs-là qui a descendu Stein.

— Je me demande qui c'est.

— Ils auront tous des alibis soignés.

— Et alors ! Qu'est-ce que vous voulez que ça me foute ?

— Sûr... fit Mac, et il sortit.

Le Yid rentra, prit une chaise et dit :

— Vous l'avez trouvé ?

— Qui ? Trouvé qui ?

— Tinevelli. La vieille s'est mise dans tous ses états quand je lui ai annoncé que j'avais reçu l'ordre de partir. Alors, on l'avait retrouvé ? Et comment était-il ? Quand pourrait-elle le voir ? Je lui ai dit de laisser tomber... que moi je faisais ce qu'on me commandait de faire et que j'étais rudement content de rentrer chez moi, bon Dieu... que je ne savais rien de rien. Les derniers jours, j'en avais tellement marre que je n'aurais pas pu le supporter plus longtemps. Cette saloperie de cuisine italienne à l'huile, la première fois que j'en revois, je vais aux miettes. L'avez-vous retrouvé ?

— Pour le retrouver, nous l'avons retrouvé... mais clamecé : il avait ouvert le robinet de gaz.

Le Yid siffla entre ses dents et dit :

— Cette pauvre vieille barrique ! Attendez qu'elle apprenne ça ; elle est folle de lui.

Haussant les épaules, je ramassai les rapports qui se trouvaient sur mon bureau et commençai à les lire. Le Yid restait assis, sa chaise en équilibre sur deux pieds, le dossier contre le mur.

Un moment de silence, puis :

— À propos de femmes enceintes ? ...

— Eh bien ?

— Est-ce vrai qu'il leur vient des idées baroques ?

— Comment le saurais-je ?

— Peut-être que vous êtes au courant.

— Pourquoi ?

— Je rentre chez moi, elle n'est pas là. Elle rentre et me dit qu'elle ne savait pas que j'allais revenir.

— Qu'est-ce qu'il y a de curieux là-dedans ?

— Attendez, vous n'avez pas entendu le plus beau. Elle me dit qu'elle est enceinte et qu'il faut que je couche sur le sofa. Moi... après tout le temps que j'étais absent... j'ai dû passer la nuit sur le sofa.

— C'est peut-être normal.

— J'ai entendu les copains qui disaient qu'on pouvait très bien faire ça, même pendant le neuvième mois.

— Je n'en sais absolument rien.

— J'essaie de me rappeler quand c'est arrivé. C'était d'avant, qu'elle me dit, seulement elle ne m'en avait pas parlé parce qu'elle n'était pas sûre, à ce moment-là. Ça a dû être un accident ; j'ai pourtant fait attention. Après tout, c'est pas si mal d'avoir un gosse.

— Ça te fera les pieds.

Un peu plus tard, je dis au Yid :

— Nous allons en visite.

— Chez qui ?

— Tu ne le connais pas.

— On ne sait jamais.

— Martin Lester.

— J'ai entendu parler de lui ; marchand de billets et joueur professionnel.

— Tu sais tout.

— Moi, j'suis comme ça.

— Alors, qu'est-ce que je lui veux ?

— Lui vendre un billet de tombola pour le bal de la police.

— Ça, c'est une idée — allons-y.

Quand nous fûmes dans la rue, je lui dis :

— Allons à pied ; ce n'est pas loin : c'est dans le Theatre Building.

— Ce n'est pas loin, répéta le Yid.

Tout en marchant, il me demanda ce que je lui voulais réellement, à Lester.

— Pour chantage, lui dis-je.

Il voulut savoir qui était la victime ; je lui répondis que ça ne le regardait pas et le priai de fermer sa boîte parce que je ne me sentais pas d'humeur à bavarder. Il se renfrogna, l'air vexé.

Nous passâmes sous la voûte et entrâmes dans le building. Le nom figurait au tableau des renseignements. Le bureau se trouvait au cinquième étage. L'ascenseur nous laissa sur le palier et nous suivîmes le couloir jusqu'à la porte.

— J'attends ici ; toi, tu vas entrer voir s'il est là. S'il n'y était pas, le secrétaire pourrait se douter de quelque chose et le mettre sur ses gardes.

— Qu'est-ce que je dirai ?

— Ce que tu disais tout à l'heure : que tu viens un peu à l'avance lui demander un lot pour la tombola du Bal des Policemen.

Il entra et j'attendis ; quelques minutes plus tard, il ressortit.

— Il est là !

— Combien de pièces ?

— Deux.

— Surveille les portes, et s'il essaie de se débiner, agrafe-le.

À mon tour, j'entrai et dis à la dactylo que je venais du stade et que j'avais quelque chose d'important à dire à M. Lester. Elle alla m'annoncer et revint me dire que je pouvais entrer.

Lester était assis derrière un bureau à glissière,

d'un modèle ancien. Une grande saleté régnait dans la pièce. Il me considéra d'un œil torve quand j'entrai, puis il sourit :

— Asseyez-vous, inspecteur.
— Prenez votre pardessus et votre chapeau.
— Pour quoi faire ?
— Allez, pas d'explications. D'ailleurs, je peux aussi bien vous le dire : vous êtes mêlé à un tas de combines.

Il sourit, montrant des dents aurifiées.

— C'est pour l'affaire Tinevelli : j'ai un mandat ; vous voulez le lire ?
— Non, non, inspecteur ; votre parole me suffit ; est-ce que je peux faire demander mon avocat ?
— Bien entendu.

Il téléphona à son avocat et lui annonça son arrestation ; ... est-ce que ça ne le dérangerait pas de venir avec une caution ?

— Ça sera cher, dis-je.

Il sourit de nouveau et articula dans l'appareil :

— Il paraît que ça sera cher ; apportez ce qu'il faut.

Nous longeâmes le couloir ; le Yid nous suivait. Lester avait les pieds plats et, au bruit qu'il faisait en marchant, on aurait cru entendre un phoque se promener dans le vestibule. Il arborait un sourire qu'il garda tout le long de la route, dans le taxi et dans le poste, tout le temps que durèrent les formalités d'écrou.

— Reste ici, dis-je au Yid, au moment où nous montions l'escalier.

Devant moi, Lester plaquait bruyamment ses grandes tartines sur les marches.

Arrivés dans le bureau, je plaçai une chaise devant la table et lui dis de s'asseoir. Il obéit. La mise en scène était prête ; je m'assis.

— Vous ne pouvez rien contre moi, commença-t-il. Vous n'avez pas de preuves.

Comme je ne lui répondais pas, il sourit, s'installa confortablement sur sa chaise et se tut.

— Qu'est-ce que vous attendez ? reprit-il après un instant de silence.

— C'est vous que j'attends.

— Je parlerai devant mon avocat.

— Attendons-le.

Nous restâmes assis sans bouger et je le regardai fixement jusqu'à ce qu'il eût baissé la tête et fermé les yeux, pour faire croire qu'il s'était assoupi ; il en fut ainsi pendant un long moment. Le Yid troubla la scène.

— Son avocat est arrivé.

— Ça n'a pas été long, dis-je. Il travaille vite, ce gars-là.

Lester nous gratifia de son sourire doré.

— Qu'est-ce qu'il veut ? demandai-je.

— Il apporte la caution.

— Va lui dire que j'ai un homme dans le centre qui s'occupe des empreintes digitales de monsieur. Je crois qu'il a déjà été condamné deux fois comme joueur professionnel ; je me souviens également d'une condamnation à cinq jours de prison. Ça fera peut-être le compte[1], qui sait ? Et s'il ne s'en va pas, fous-le dehors !

Je vis Lester pâlir, mais il souriait toujours. Le Yid s'en alla.

— Maintenant, on va pouvoir travailler, dis-je. Vous saviez que Tinevelli s'était suicidé ?

— En quoi est-ce que ça me regarde ?

— Ne faites pas l'imbécile ; il n'y a personne ici et je ne vous demande pas de signer une confession. Je sais tout : Big Stem a mouchardé.

Il se mit à rire et dit :

— Il y a plus de dix ans que je ne lui ai pas adressé la parole, à ce sale rat !

— Les rats savent creuser et mordre, quelquefois.

— Peut-être.

— C'est le propriétaire d'un *speakeasy* qui l'a rancardé ; un drogué, lui aussi.

Je vis ses yeux s'agrandir à ces derniers mots.

— Vous croyez qu'un témoignage pareil tiendra, devant le jury ?

— Vous êtes marle ; je parie que vous aviez pensé à ça.

— Ne pariez pas, vous gagneriez !

— On ne vous la fait pas à vous, hein ? Malheureusement, on ne peut pas se fier à un drogué ; il finit toujours par vendre la mèche.

---

1. Le compte pour constituer une récidive, ce qui entraîne une peine très sévère, aux États-Unis.

— Qu'est-ce que ça fait ? Ce sont tous des menteurs.

— C'est vrai, ce sont tous des menteurs.

— Et puisque le mouchardage est à la mode, reprit Lester, demandez donc à ce fumier de James qui a descendu Stein.

Je le regardai droit dans les yeux :

— Je le savais ; vous vous figurez que ça vous sortira de là ?

— Je n'ai pas besoin de ça pour m'en sortir. Vous n'avez rien contre moi.

— ... Croyez que vous pourrez vous en tirer ?

— C'est tout cuit.

J'ouvris un tiroir du meuble et, prenant le browning « Savage » par le canon, je le poussai de l'autre côté de la table, juste sous son nez. Il eut l'air étonné.

— Connaissez-vous ce revolver ?

Il leva la main pour le prendre, posa ses doigts sur la crosse, mais les retira aussitôt. Il sourit :

— Ça ne prend pas ; je connais le truc.

— Regardez-le bien ; vous ne voyez rien de particulier ?

Il prit une paire de lunettes dans la poche de son gilet, les ajusta et se pencha sur le revolver, l'examinant avec un soin particulier. Je tirai le mien de sa gaine, appuyai mon coude sur la table et pointai le canon dans sa direction.

— Lester, appelai-je à mi-voix.

Il leva les yeux et vit le revolver ; sa peau devint couleur de cendre et il voulut sourire, mais les muscles de son visage refusèrent d'obéir. Ses yeux s'agrandirent derrière les verres, sa bouche remua comme s'il voulait parler et laissa échapper quelques gouttes de salive qui dégoulinèrent de son menton. Je finis par avoir pitié de lui et pressai la détente ; le revolver faillit m'échapper de la main.

J'avais visé sa bouche, mais à la seconde où il fut projeté contre le mur, juste avant qu'il s'effondre, je vis que la balle avait pénétré entre les deux yeux ; ses lunettes étaient sectionnées par le milieu ; les deux morceaux pendaient à ses oreilles. Il resta plaqué au mur l'espace d'une seconde, puis il glissa hors de ma vue et, derrière, le mur dégouttait de matière rose grisâtre, de sang et de cheveux gluants.

D'un revers de main, je fis voltiger le browning « Savage » à travers la pièce ; il dut tomber d'abord sur lui car je l'entendis rebondir avec un bruit sourd et résonner sur le plancher.

Ensuite, je les entendis cavaler dans l'escalier. Ils arrivèrent en courant, revolver au poing. Schlegel, le secrétaire civil, était avec eux ; il avait eu peur de venir seul. En me voyant, ils s'arrêtèrent :

— Il a sorti un feu quand je lui ai parlé d'une quatrième récidive, alors je l'ai assaisonné.

Ils firent cercle autour du corps. Je me levai et fis le tour de la table. Là où la balle était entrée, on ne voyait qu'un trou net, mais, en ressortant, elle avait arraché un morceau de la boîte crânienne.

Tout à coup, Schelgel commença à hoqueter. Il vomit sur le bureau.

— Foutez-moi le camp d'ici, nom de Dieu ! Allez au lavabo, dis-je.

Il mit sa main devant sa bouche et s'en alla vivement vers la porte, mais là il ne put se retenir plus longtemps : la vomissure se fraya un passage à travers ses narines, gicla entre ses doigts et éclaboussa les montants de la porte lorsqu'il voulut enlever sa main. On l'entendit encore hoqueter quand il fut passé dans l'autre pièce.

— Que quelqu'un dise à Pop de venir nettoyer ça. Mac, téléphonez à la morgue qu'on vienne enlever le macchab. Les autres, sortez !

Ils obéirent, je décrochai le récepteur :

— Donnez-moi la ville.

La téléphoniste répondit et je lui donnai le numéro. J'entendis la sonnerie à l'autre bout du fil, puis quelqu'un vint répondre. Le révérend Mac Laughlin avait un cours... Voudrais-je laisser un message ?... Oui... Inspecteur Saliotte. Annoncez la nouvelle... J'avais bien dit : « Annoncez la nouvelle » ? Oui. Avertissez sa femme. La femme de qui ? Il est au courant... Merci.

Les articles sur la mort de Teeny firent disparaître le meurtre de Stein de la première page des journaux. Les autorités et l'Église décidèrent que son geste était dû à un accès de démence. Aussi fut-il inhumé en terre sainte et, comme il avait payé des deux façons, tout lui fut pardonné dans la mort.

L'impressionnant cortège fit un long détour afin d'alléger le chagrin de la veuve ; celle-ci jouait à ce moment le rôle que toute femme désire jouer au moins une fois dans sa vie : elle était la vedette principale d'une tragédie.

Les obsèques me firent penser à mon père qui, durant toute sa vie, avait effectué des versements hebdomadaires à une entreprise de pompes funèbres et, finalement, ma vieille était morte avant lui et l'avait frustré de son bel enterrement.

La mort de Teeny avait fait tant de bruit que celle de Lester passa presque inaperçue. Son avocat paraissait disposé à faire des histoires, mais quelques mots bien sentis eurent tôt fait de le calmer.

Lorsque tout se fut apaisé, lorsque je n'eus plus rien à faire, quelque chose se fit soudain jour dans ma tête ; des pensées m'assaillirent sans relâche et je savais qu'il faudrait en finir. Le voir devant moi chaque jour et le savoir là où je brûlais d'être... J'en avais assez.

— Reste là, lui dis-je, je reviens tout de suite.

Je pris mon chapeau, descendis l'escalier et sortis. C'était une belle journée de printemps, tiède et claire. Tout en marchant, je me disais que même par un beau soleil on finit par mourir. Quelques années plus tôt ou quelques années plus tard, cela n'a pas beaucoup d'importance.

Le trafic était intense dans l'avenue ; j'attendis le signal lumineux pour traverser, puis je me dirigeai vers le kiosque à journaux de Monk.

— Hello ! Monk !
— Hello ! Looey, hello ! Comment va ?
— Ça gaze, Monk. Tu as quelqu'un pour te remplacer ? Je voudrais que tu me rendes un service.
— Sûr. Une minute.

Il entra dans le bureau de tabac et en ressortit avec un gosse d'une quinzaine d'années ; nous le laissâmes devant le kiosque et fîmes quelques pas.

— T'es un ami à Big Stem James, non ? Tu le connaissais, dans le temps ?
— Le drogué ?
— Oui.
— Sûr.
— Nous allons chercher après lui. Quand nous l'aurons trouvé, tu lui diras comme ça — moi, je ne suis pas là, et surtout ne parle pas de moi — tu lui diras que t'as été tuyauté comme quoi c'est lui qui va être poissé pour avoir descendu Stein ; une femme a tout vu de sa fenêtre et l'a identifié, et nous sommes à sa recherche.
— Sûr.
— Et dis donc, Monk, boucle-la, hein ?

Je n'avais pas besoin de lui dire ça : de toute façon, il était incapable de comprendre.

Quand nous fûmes arrivés à une centaine de mètres de l'agence, je le laissai continuer seul après lui avoir dit que je l'attendais au débit de tabac du coin. Il s'éloigna de son pas traînant et, de loin, il semblait n'avoir pas de jambes, car son vieux pardessus lui couvrait les talons.

J'entrai dans la boutique, choisis un cigare et attendis. Le cigare était sec ; après en avoir tiré quelques bouffées, je le jetai. Au bout de quelques minutes, je vis Monk s'amener en trottinant, tout en frottant le bout de son grand nez avec son mouchoir crasseux. J'allai à sa rencontre.

— Il a foutu le camp comme s'il avait le feu quelque part, fit-il.
— Il était là ?
— Oui, et comment qu'il les a mis quand je lui ai dit.

Tirant mon portefeuille de ma poche, je lui tendis un billet de dix dollars.

— Rien à faire, je ne prends l'argent de personne.
— T'as travaillé pour.
— Rien à faire ; pas de vous.
— *Okay*. Débine-toi. Je ne l'oublierai pas.

Il s'éloigna le long de l'avenue.

Utilisant la cabine téléphonique du débit de tabac, j'appelai le Yid.

— Va chez Big Stem James, au Glenfair Hôtel, chambre 913... et grouille. Il y est en ce moment et il faut absolument que je le voie. Dis-lui de s'amener ; il te connaît, n'est-ce pas ? Alors, ça va. Et tâche de faire vite !

Je raccrochai, sortis de la cabine et achetai un autre cigare après m'être assuré de sa fraîcheur. L'ayant allumé, je sortis de la boutique et déambulai lentement vers le haut de la ville, tournant le dos au poste de police. Maintenant, le coup était joué : c'était pile ou face. Quoi qu'il en advînt, j'étais décidé à finir là-dessus. Big Stem avait dit qu'ils ne le prendraient jamais ; son premier geste serait de courir à sa réserve de stupéfiants — les dés sont jetés... vienne sept, ou onze, ou *crap*[1].

L'avenue que je suivais aboutissait à un carrefour qui ressemblait à un moyeu de roue, car une multitude de petites rues s'y déversaient ; la rue du poste était un des rayons de la roue. Jugeant qu'il s'était écoulé assez de temps pour ce qui devait arriver, je tournai le coin de l'immeuble et pris le chemin du poste.

J'escaladai le perron ; un grand calme régnait dans la pièce quand j'entrai ; il n'y avait personne d'autre que le sergent de service en bas. Au moment où je me dirigeais vers le bureau du capitaine Mac, il m'appela :

— Le capitaine est en haut, monsieur. Il s'est passé quelque chose de sérieux : Levinson a dégusté, ils sont tous là-haut dans le dortoir.

— Dites-lui de descendre.

Il prit le téléphone et fit passer le message. J'étais debout à côté de lui, me cramponnant d'une main au standard téléphonique, les yeux fixés sur le parquet.

— Sale coup, dit le sergent. Il vient de se faire assaisonner, non ?

---

[1]. À la passe anglaise, sept et onze gagnent. Tous les autres numéros sont *crap* : perdants.

Je fis un signe affirmatif. Il y eut un silence. Mac descendit et s'avança vers moi. Ôtant ma main de dessus le bureau, je me raidis.

— Alors, Simms vous a prévenu ?
— Oui. C'est grave ?
— Aussi mort qu'on peut l'être.

Je restai silencieux. Il reprit :

— Ça vous en fout un coup, hein ?
— Ça m'en fout un coup.
— Je sais ce que c'est.
— Comment est-ce arrivé ?
— Pourquoi il est allé là-bas, je n'en sais rien. C'est Peterson qui nous a raconté : il patrouillait comme d'habitude et voilà que tout d'un coup un mec sort du Glenfair Hôtel, revolver au poing et s'amène à fond de train sur lui. Le détective de l'hôtel — Peterson le connaît — était à ses trousses. Peterson descend le type qui arrivait sur lui, en plein dans les tripes — un fameux tireur, ce nom de Dieu de Peterson. Il rue un petit moment sur le trottoir et clabote... et le type est Big Stem James.

Le détective de l'hôtel prévient Peterson qu'au neuvième étage il y a un autre mec qui s'est fait sonner. Le garçon d'ascenseur descend et le gueule au détective juste au moment où James, tout bouillant de drogue, dégringole l'escalier en quatrième. Il voit le flic et tire dessus. Le flic se planque ; et le reste, ce qui s'est passé dehors, je vous l'ai raconté. Peterson et le détective de l'hôtel montent et trouvent le Yid étalé dans une mare de sang, mort.

Le gosse de l'ascenseur pleure comme un veau et leur dit : « James monte tout excité et nerveux, et pâle, et court dans le couloir ; tout de suite après monte un type qui demande où est sa chambre. » Le gosse le regarde, curieux de voir ce qui va se passer. L'homme frappe à la porte, frappe sans arrêt ; finalement, la porte s'ouvre, deux coups de revolver et l'homme se casse en deux et tombe en plein sur le nez, pendant que James sort en courant, un revolver à la main. Le gosse lui claque la grille devant le nez, descend et se met à hurler. Voilà toute l'histoire. Qu'est-ce qu'il a été faire, là-bas ?

— Sais pas. Attendez, c'est peut-être ça : je lui ai dit que j'avais idée que James était pour quelque chose dans le meurtre de Stein.

— C'est ça, sûrement, c'est ça. Fiez-vous à un Juif !

— La ferme, Mac. Comment avez-vous prévenu sa femme ?

— ... Envoyé un inspecteur lui dire.

— Pourquoi l'avez-vous amené ici ? Le coroner l'a vu ?

— Pas encore. Je savais ce que ça vous ferait ; pas d'histoires. Je ne voulais pas le laisser étalé là-bas ; je l'ai amené ici.

— Feriez mieux de le faire porter chez lui. Je crois que les Juifs enterrent leurs morts le lendemain. Et faites le nécessaire pour qu'il ait le même

211

enterrement qu'un inspecteur. L'autre noix, là-bas, va encore vouloir se faire un peu de publicité. En tout cas, nous ferons tout ce qu'il faudra vis-à-vis de sa femme. Laissez le flic là-bas pour faire les courses.

— Les hommes ne l'aimaient pas.

— Alors, ils seront contents d'aller à son enterrement.

## 14

Le journal du soir donnait un compte rendu de l'affaire et présentait le Yid comme un héros qui avait fait le sacrifice de sa vie pour servir la ville. Ils donnaient une photo de Beth, et je savais qu'elle avait dû être volée par un reporter ; elle ne l'aurait pas permis. Le commissaire avait la sienne en première page ; il avait décrété que le Yid serait enterré avec tous les honneurs dus aux héros : il avait succombé dans l'accomplissement de son devoir, conscient de la tâche sacrée qu'il avait à remplir et de la confiance... et cætera, et cætera.

Tard dans l'après-midi, après qu'ils eurent enlevé le cadavre, un vieux Juif à la longue barbe blanche, tachée de jaune au coin de la bouche, vint nous dire en mauvais anglais que le lendemain était un samedi, qu'il était interdit d'enterrer les morts le jour du Seigneur, et que les obsèques auraient lieu le dimanche matin, à onze heures. Tout en parlant, le vieux ne cessait de contempler le ciel à travers la fenêtre et, quand il eut terminé, il jeta encore un long regard de ce côté et s'en alla en hâte.

Il y eut des murmures lorsque les hommes apprirent que l'enterrement aurait lieu le dimanche ; c'était leur jour de sortie. Je dis à Mac de les faire taire.

— On ne peut pas leur en vouloir, répondit-il. Ils ne l'aimaient pas.

— C'est un boniment qu'on m'a déjà servi. Le vieux veut que ce soit comme ça, et moi je le veux, et ils n'ont qu'à la boucler.

— Sûr qu'ils n'ont qu'à la boucler.

— Alors arrangez-vous pour que ça leur plaise ou qu'ils fassent semblant. Et d'abord, dites-leur qu'ils auront leur photo dans les journaux. Avez-vous déjà vu un flic qui résisterait à ça ?

— Vous en avez un devant vous.

— Vous auriez dû être patron d'un bain turc, pas flic.

— Je ne vous comprends pas.

— Réfléchissez-y, Mac.

J'étais complètement ivre vendredi soir et samedi, et je ne pus fermer l'œil de toute la nuit de samedi. Un marteau pilonnait sans arrêt le fond de mon crâne. J'avais mal lorsque j'essayais d'ouvrir les yeux et quand je les tenais fermés, les murs de ma chambre — murs que je ne pouvais voir — se mettaient à tournoyer, et j'étais obligé de me cramponner pour empêcher le lit de glisser sous moi.

Je m'habillai et descendis dans la rue. Il faisait de nouveau très froid, mais le vent glacé me fit du bien. La pharmacie du coin était fermée et je pris le parti d'aller vers l'avenue où je savais en trouver une ouverte. Comme je me sentais mieux, cela m'était égal de marcher et je fis environ un mille à pied. Bientôt je vis de la lumière à la devanture d'un drugstore et j'entrai. Le commis était accoudé au comptoir, lisant un livre. Il leva la tête, la baissa de nouveau et corna la page pour la marquer.

— Qu'est-ce que c'est, monsieur ?
— Des comprimés de véronal.
— Je regrette, il me faut une ordonnance.
— C'est curieux. On me les donne toujours.
— Oui ; chez les petits pharmaciens indépendants, on en vend. Mais nous, nous ne pouvons pas courir de risques. C'est une règle du Bureau de l'Hygiène et nous ne voulons pas l'enfreindre.
— N'ayez aucune crainte : je suis inspecteur de police, dis-je en lui montrant mon insigne.
— Raison de plus pour que je n'en vende pas.
— Qu'est-ce que vous avez contre l'insomnie ?
— Triple extrait de bromure effervescent.
— Quoi ?
— Triple extrait de bromure effervescent ; ça, je peux vous le vendre.
— Faites voir.

Il s'en alla dans l'arrière-boutique et en rapporta une longue boîte bleue.

— Comment les prend-on ?
— Mettez-en deux dans l'eau et quand ils commenceront à pétiller, buvez-les.
— Et si ça ne me fait pas d'effet ?

— Prenez-en deux autres. Ça ne peut pas vous faire de mal.

— Merci. Combien ?

— Quatre-vingts *cents*.

Je le payai, ramassai mon paquet et m'en allai. Me retournant au moment de passer la porte, je vis qu'il s'était replongé dans son livre.

Dans la rue, les coups de marteau recommencèrent à résonner dans ma tête et je regrettai de n'avoir pas pris deux comprimés dans la boutique. Rentré chez moi, ils ne me soulagèrent pas, mais en revanche, je ressentis des brûlures à l'estomac et je dus prendre du bicarbonate ; mais deux autres comprimés eurent raison de mon insomnie.

Je dormis si bien que la matinée était déjà fort avancée lorsque je me réveillai. La pendule se trouvait sur la commode en face de mon lit et, en soulevant légèrement la tête, je vis qu'il était dix heures dix. Je me renfonçai dans l'oreiller et restai sans bouger durant quelques secondes ; j'étais si bien ainsi, et ma tête allait mieux ; mais, tout d'un coup, je me rappelai quel matin c'était.

J'appelai le capitaine Mac Dunn au téléphone. Il m'annonça qu'on m'attendait. Je lui dis de partir en avant avec les hommes ; j'irais directement de chez moi.

Ils étaient déjà là lorsque j'arrivai ; la rue était noire de monde et je dus garer ma voiture ailleurs. Je me frayai un passage à travers la cohue. Nous nous trouvions dans le quartier juif et la plupart des badauds étaient Juifs. Finalement, je réussis à atteindre le vaste espace dont la police empêchait l'accès, sur le devant de la maison.

Les policemen en uniforme bleu formaient la haie sur deux rangs depuis la façade jusqu'au milieu de la rue ; une troisième file passait derrière le corbillard et fermait le carré ; les voitures de deuil étaient alignées de l'autre côté de la rue. C'était très impressionnant ; les reporters se tenaient dans l'espace libre, derrière la police.

Le capitaine Mac était debout sur le seuil ; je m'avançai vers lui.

— On a le temps, dit-il. Le grand chef des croque-morts n'est pas encore là.

— Et le commissaire ?

— ... L'est venu... s'est fait photographier, et après il est reparti pour ne pas être en retard à son déjeuner du dimanche.

En montant l'escalier, je pensais que je l'avais monté en d'autres circonstances ; la porte était ouverte. La chambre à coucher se trouvait tout de suite à droite dans le vestibule, avant le salon. Les policemen qui devaient tenir les cordons du poêle étaient près de la porte ; ils me saluèrent d'un signe de tête et s'écartèrent. J'entrai.

Il faisait sombre dans la pièce ; les stores étaient baissés ; sur le rebord de la fenêtre brûlait une bougie ; la flamme s'allongea et retomba presque aussitôt, et cela se reproduisit à intervalles réguliers. Le Yid était étendu sur le plancher nu, les pieds face à la porte ; on l'avait drapé dans un châle blanc à rayures bleues et je reconnus le châle de prière juif. Le lit avait été démonté et rangé contre le mur ; le lit... « pas dans le lit, ce ne serait pas bien... » Nom de Dieu ! je lui en voulais de m'avoir obligé à faire cela. Une bière de sapin blanc était posée debout dans un coin ; la chambre sentait le suif brûlé et le sapin fraîchement coupé. J'entendis un bruit de voix ; plusieurs personnes causaient dans le salon à côté ; l'une d'elles, une femme, parlait sur un ton aigu et monocorde et pleurait en même temps : on aurait dit un hymne funèbre.

Je sortis de la chambre, redescendis l'escalier et retrouvai Mac sur le pas de la porte. Quelques instants plus tard, deux hommes en redingote montèrent à l'appartement. Nous attendîmes un moment, puis le policeman qui avait été posté là-haut pour nous donner le signal vint nous prévenir qu'ils descendaient.

Mac donna un coup de sifflet ; les hommes se mirent au garde-à-vous. Il se fit un mouvement parmi les photographes. Les croque-morts apparurent les premiers, puis vint le cercueil couvert d'un drapeau ; il passa ; nous restâmes au garde-à-vous. Un homme soutenant par le bras une femme voilée venait ensuite : c'était Pete, un cousin du Yid. (Le jour de retard avait donné aux parents le temps d'arriver du Nord de l'État.) Un moment, je crus que la femme était Beth, mais de plus près... elle était trop forte. Pete me regarda et je lui fis un signe de tête ; il haussa les épaules. La femme n'arrêtait pas de gémir.

Les teneurs de cordon firent glisser le cercueil dans le corbillard. Un groupe d'hommes et de femmes apparut dans la petite allée qui partait de la porte ; ils s'approchèrent et soudain elle fut devant moi. Son visage était pâle, coupé par la mince ligne droite des lèvres serrées. En arrivant tout près de moi, elle leva les yeux et j'y plongeai mon regard, et j'eus l'impression qu'on venait de m'ouvrir le ventre d'un coup de couteau et de m'étriper : je n'avais plus d'entrailles. Elle passa.

Les éclairs de magnésium se succédèrent ; le corbillard s'avança lentement dans la rue, une rangée de policemen de chaque côté, la famille marchant directement derrière. Nous, la police, venions après et derrière nous défilaient la presse, les voitures de deuil et les autocars qui avaient amené les policemen.

— Mac, dis-je, j'ai oublié ma voiture. Dites à un des hommes qui la connaît d'aller la chercher ; je l'ai garée au coin de la rue.

— J'y vais moi-même.

Il me quitta et je marchai seul.

Le soleil brillait presque perpendiculairement au-dessus de nos têtes et faisait ressortir davantage la tache noire qui bougeait devant moi. Nous avancions lentement sous le soleil. Les gens massés le long du trottoir étaient silencieux, et seuls résonnaient les sabots des chevaux des deux policemen montés qui ouvraient le cortège. Les femmes pleuraient doucement ; c'était la femme avec Pete qui n'arrêtait pas de geindre à tue-tête.

Nous arrivâmes à la synagogue. Le corbillard recula face au trottoir et je crus qu'ils s'apprêtaient à sortir le cercueil, mais ils se bornèrent à ouvrir toutes grandes les portes à l'arrière du véhicule. La famille grimpa les marches. Je vis Pete s'arrêter devant la porte, faire non de la tête et redescendre le perron. La famille entra.

Pete s'avança vers moi ; je me tenais près de la grille en fer entourant la synagogue ; il s'appuya contre les barreaux et mit ses mains dans ses poches ; il n'avait pas de pardessus.

— Vous n'avez pas voulu entrer ? lui demandai-je.

— Non. Quand j'avais seize ans, j'ai refusé d'entrer à la synagogue pendant le Yom Kippur. Mon père m'a battu et j'ai juré, ce jour-là, que je ne mettrais plus jamais les pieds dans une synagogue.

Il hésita une seconde, puis me désigna le corbillard d'un hochement de tête :

— Ce que c'est bête — avec ce machin-là — baaah !

Nous restâmes là un moment à regarder les mendiants circuler à travers la foule en agitant leurs boîtes en fer. Puis, il demanda :

— Puis-je monter dans votre voiture ? Ma mère commence à me porter sur les nerfs avec la comédie qu'elle joue. Heureusement qu'il y a des événements comme celui-là pour satisfaire leur besoin de tragédie.

Posant ma main sur son bras, je lui dis :

— Je suis content que vous ayez dit cela.
— Pourquoi ?
— Sais pas. Une impression, comme ça.

La famille ressortit, accompagnée d'un rabbin portant le châle de prière. Ils s'arrêtèrent devant le corbillard et le rabbin entonna un hymne d'une voix forte, les hommes lui prêtant leurs « amen » et les femmes leurs larmes. Quand il eut terminé, il remonta le perron et rentra dans la synagogue.

Pete me quitta pour aller organiser le cortège ; à voix basse, il commença à les caser dans les voitures. Le corbillard s'ébranla et stoppa un peu plus loin pour les attendre ; dès qu'une voiture était remplie, elle venait s'aligner derrière le corbillard ; quand elles furent toutes occupées, le convoi partit à toute vitesse.

Mac donna l'ordre aux policemen de se disperser ; ils s'en allèrent par groupes ; les camions s'en retournèrent ; les journalistes partirent dans leurs voitures.

— Les autocars n'avaient pas besoin de suivre, dis-je. On aurait pu les renvoyer avant.
— Ça faisait plus imposant, fit Mac.
— Plus imposant et mieux, ajouta Pete en ricanant.

Nous prîmes place dans ma voiture, je démarrai et tournai le coin. Nous allions très vite en descendant l'avenue et lorsque nous arrivâmes au pont qui traversait le fleuve, nous avions dépassé tous les autres. Pendant le reste du chemin, nous fûmes environnés d'un nuage de poussière.

Nous nous rangeâmes le long d'une allée pavée, à l'intérieur du cimetière, devant une voûte qui donnait accès à un carré de terrain. Plusieurs vieux Juifs arrivèrent en se dépêchant et commencèrent à discuter avec volubilité, en yiddish, chacun d'eux essayant de couvrir la voix des autres.

— Qui est-ce ? demandai-je à Pete.

— Des prieurs professionnels, de saints hommes, je présume.

— Qu'est-ce qu'ils ont à gueuler comme ça ?

— Ils discutent du prix qu'ils vont demander.

Nous nous approchâmes du groupe. La vue de l'uniforme de Mac les calma un peu. Pete compta les hommes présents dans le groupe et renvoya trois vieillards.

— Je crois qu'il en faut tout de même quelques-uns, fit Mac.

Le corbillard était ouvert ; les employés du cimetière sortirent le cercueil. Un petit bonhomme grassouillet, un parent, voulut à toute force porter la tête ; il était tellement petit que le cercueil bascula. L'un des employés esquissa le geste de le lui prendre des mains, mais il refusa véhémentement de donner sa place. Ils passèrent sous l'arche et attendirent de l'autre côté.

— Beth ! appela le cousin.

Une jeune femme la soutenait par le bras, mais elle se raidit en arrière, secouant négativement la tête et se mordant les lèvres.

— Qu'est-ce que tu fais, voyons ? Il faut que tu viennes, dit sèchement Pete.

Elle baissa la tête et passa lentement sous la voûte, et les autres la suivirent.

Derrière le cercueil, nous nous avançâmes vers la fosse, à travers les tombes. Les porteurs posèrent leur fardeau sur une petite estrade en bois. Un vieillard se plaça de l'autre côté, ainsi qu'un marchand derrière un comptoir. On conduisit Beth jusqu'au cercueil. Maintenant les larmes ruisselaient sur ses joues. L'homme grommela quelque chose et, avec un couteau, il fit une déchirure dans son manteau. Elle recula.

Ensuite, les choses allèrent vite. Les employés du cimetière, vêtus de combinaisons sales, enlevèrent le drapeau, soulevèrent le cercueil, passèrent des courroies dessous et le descendirent dans la fosse. Le vieillard qui avait coupé le manteau sauta et atterrit avec un bruit sourd sur le cercueil. Les hommes commencèrent à réciter des prières pendant qu'il jetait de la terre sur le coffre ; ensuite, il se baissa et je ne le vis plus. J'appris, par la suite, qu'il dévissait le couvercle ; les gémissements des femmes se firent plus aigus. L'homme sortit de la tombe et le fossoyeur prit une pelletée de sable et l'offrit à Beth, mais elle recula ; il haussa les épaules et la jeta lui-même dans le trou, et le sable crissa en tombant sur le bois. Le petit homme gras empoigna une autre pelle et aida le fossoyeur à recouvrir la boîte, ce qui fut fait à une allure record. Les gémissements s'éteignirent. Nous nous éloignâmes de la tombe.

Sur la route, je demandai à Pete :

— Comment repartez-vous ?

— Maintenant que la comédie est terminée, je repars avec eux.

— Est-ce que Mme Levinson retourne chez elle dans le Nord ?

— Non. Elle reste. Ça n'a pas marché tout seul. Elle est mieux ici.

— Qu'est-ce qu'elle va faire ?

— Sais pas. Si elle part avec cette bande de noix, elle est foutue... foutue comme je le suis.

— Pourquoi ne vous arrangez-vous pas pour en sortir ?

— Je ne sais pas moi-même ce que je veux.

— Qu'est-ce que vous faites ?

— Rien.

— Rien ?

— Tout juste.

## 15

Le printemps était venu, et il y avait de la fraîcheur dans l'air ; plus rien à craindre : plus de froid, ni de neige, ni de boue. Il y avait cela d'une part, et, d'autre part, comme j'avais constamment son visage devant les yeux, les jours traînaient lentement. Elle était partout... sur mes papiers, dans mon bureau, sur les murs ; dehors, mêlée au printemps.

J'y allai un après-midi, mais elle n'était pas chez elle. Le soir, quand j'y retournai, elle était là. Son visage était pâle lorsqu'elle me vit à la porte et, sans dire un mot, elle fit demi-tour et s'éloigna dans le vestibule. J'entrai, refermai la porte derrière moi et la suivis. Elle s'assit dans un fauteuil près de la fenêtre, tournant la tête du côté de la vitre.

Je pris une chaise.

— Comment allez-vous ? dis-je.
— Pourquoi êtes-vous venu ?
— J'avais besoin de savoir... de savoir comment vous alliez.

— Je vais bien.

— C'est bien, alors. Je suis content. Qu'est-ce que vous allez faire ?

— Je n'ai pas encore décidé. Pendant les premiers mois, rien — je suis enceinte.

— Je sais ; il me l'avait dit. Vous devriez prendre une décision.

— Quand j'aurai passé les premiers mois, je travaillerai. Je suis malade.

— Vous ne devriez pas.

— Je veux travailler — je veux m'occuper. Quand cela se verra, j'arrêterai. J'ai de quoi vivre.

— Je sais... l'assurance. Ce n'est pas ce que je voulais dire. Vous savez pourquoi je suis venu ?

— Je ne suis pas stupide.

— Vous ne savez peut-être pas.

— Si.

— Alors ?

— Non.

— Je veux dire : nous marier.

Elle ne répondit pas tout de suite, puis :

— Non.

— Je vous ferai la vie belle. Peut-être, parce que je me suis conduit comme un goujat avec vous... peut-être ne me croyez-vous pas ?

— Vous vous figurez que vous m'aimez, en ce moment.

— J'en suis sûr.

— Vous ne pourriez pas, Buck. Je ne veux pas me risquer.

— Et vous parliez d'amour ! Si vous m'aimiez, vous vous conduiriez autrement.

— C'est à cause de cela que je ne veux pas me marier. C'est vrai, c'est vrai. Cela s'est ancré si profondément en moi que je ne peux même pas vous le dire ; et je ne vous laisserai pas salir cette chose.

— Vous avez tort. Vous verrez ce que je ferai pour vous.

— Je ne pourrais pas, réellement, je ne pourrais pas.

— Est-ce que ce type est toujours entre nous ?

— Je vous en prie.

— Il nous encombrait.

— Je vous en prie. Je crois que je deviendrai folle à force d'y penser. C'était dans mon cerveau, mais je ne voulais pas ça... Dieu sait que je ne voulais pas ça !

— Qu'est-ce que ça change ? Il nous encombrait.

— Vous voyez bien, Buck ! Ne voyez-vous pas vous-même pourquoi j'ai peur de me marier avec vous ?

— Pourquoi voulez-vous que je regrette ?

— Il n'avait rien fait de mal. C'est nous qui n'avions pas de chance.

— C'est bon ; il n'avait rien fait de mal, mais est-ce qu'il n'était pas entre nous ? Est-ce que vous n'étiez pas forcée de coucher avec lui ?

— Je ne l'ai fait qu'après avoir été sûre.

— Sûre de quoi ?

— Que l'enfant était là.
— Quelle différence ça fait ?
— Je ne voulais pas que vous sachiez ; je ne voulais pas que vous vous sentiez responsable... C'est le vôtre.

Il y eut un silence, puis :
— Euh... c'est possible... comment le savez-vous ?
— Ne m'humiliez pas en me forçant à vous expliquer comment je le sais.

« C'est possible après tout », pensai-je. Ça ne changeait rien ; je n'éprouvais rien à son égard.

À la voir assise là, je me rappelai les autres fois et cela m'excita.

— Ça n'a aucune importance que ce soit le sien ou le mien, dis-je. Je veux me marier avec vous.
— Vous ne me croyez pas ? interrogea-t-elle.
— Si, pourquoi pas ? Alors ?
— Non, Buck.
— C'est bon. C'est comme vous voudrez. (J'étais furieux et je ne voulais pas aller me coucher.) C'est comme vous voudrez.

Je me levai et elle en fit autant, et je m'aperçus qu'elle commençait à haleter et, au moment où je me retournais, avant de sortir, elle s'affaissa. Je la ramassai, l'étendis sur le sofa et lui frottai les tempes. Comme elle ne revenait pas à elle, j'allai chercher un verre d'eau à la cuisine, lui bassinai le front et tentai de la forcer à boire en lui écartant les lèvres. L'eau, en coulant sur sa joue, emporta un peu de poudre, si bien que la partie mouillée était plus foncée que le reste. Elle était tellement immobile, on aurait cru qu'elle ne respirait plus — c'est bien ça, les femmes ! Elles ne savent jamais ce qu'elles veulent. Je lui donnai une claque sur la joue, une forte claque. À l'endroit où je l'avais touchée, le sang commença à affluer. Elle fit un mouvement et ouvrit les yeux.

— Vous allez tâcher d'être raisonnable, dis-je.

Elle se mit à pleurer ; je la laissai tranquille un instant, puis :

— Je ne peux pas lutter contre nous deux, dit-elle.

— Lutter ? Vous n'avez pas à lutter. Je vais prendre soin de vous.

Elle ne répondit pas.

— C'est réglé, décidai-je. Quand ?

— Mais il y a juste un mois.

— Trente jours ou un an, quelle différence voulez-vous que ça lui fasse ? Voilà que vous recommencez.

— Nous devrions tout de même montrer un peu plus de tact. Qu'est-ce qu'on va dire ?

— Qui, on ?

— Eh bien ! tout le monde. Vous n'êtes pas n'importe qui. On va jaser.

— Ça m'est indifférent. Si ça ne leur plaît pas...

— Ça ne serait pas bien pour moi.

— Nous n'avons pas besoin de le crier sur les toits. Quand ils l'apprendront, ils ne sauront pas qui vous êtes. Nous irons là-haut chez le juge de paix du comté.

— J'espère que ça se passera bien.

— Je pense qu'on pourra tout liquider en huit jours.

Je me penchai sur elle ; elle était étendue sur le sofa.

— Embrassez-moi.

Glissant mon bras sous elle, je l'embrassai. Tout en l'embrassant, je me serrai dur contre elle, mais elle me repoussa et dit :

— La semaine prochaine.

Je souris et frottai mon poing fermé contre son menton.

— Et dites, Buck, ajouta-t-elle, je sais que ça peut paraître idiot après que nous... après ce que nous...

Elle hésita.

— Eh bien ?

— Je veux être mariée par un rabbin.

— Bien sûr, tout ce que vous voudrez, Beth.

Vendredi matin, après mon petit déjeuner, j'endossai mon pardessus et m'avançai sur le seuil de la cuisine. Myra essuyait la vaisselle.

— À propos, j'ai oublié de vous prévenir, dis-je. Je me marie aujourd'hui.

Elle s'arrêta d'essuyer et resta immobile, un torchon d'une main et une assiette de l'autre ; puis elle déposa lentement assiette et torchon et tout aussi lentement s'essuya les mains avec son tablier.

— Vous n'avez pas à vous inquiéter pour votre place. Vous pourrez toujours venir faire le ménage.

Elle oscilla légèrement sur ses talons et, soudain, se mit à rire.

— Qu'y a-t-il de drôle à ce que je me marie ?

Elle remua lentement la tête à plusieurs reprises, sans cesser de rire. Puis elle dit : « Faire le ménage ! » et recommença à rire en serrant fortement les lèvres.

— Rigole et crève ! dis-je en claquant la porte derrière moi.

Je ne la revis plus jamais.

Dans le courant de l'après-midi, nous allâmes chercher notre licence et il était tard lorsque nous eûmes fini de jurer que nous n'avions jamais eu de maladies vénériennes. La feuille était dans ma poche — devant le mot profession, j'avais mis : policeman. Nous descendîmes le perron et traversâmes le jardin de la mairie du comté. Les jours devenaient plus longs ; il était cinq heures et il faisait encore clair. Il y avait du gazon sur la pelouse et les buissons et les arbres se couvraient de bourgeons verts. Une odeur de terre humide se répandait dans l'air. Beth glissa son bras sous le mien et nous passâmes sous la voûte de pierre qui donnait accès au trottoir.

— Et maintenant, comment fait-on pour trouver un rabbin ? lui demandai-je.

— J'en connais un qui habite au coin de... J'ai faim ; je veux d'abord manger.

Nous passâmes sur les rails du tramway et entrâmes dans un restaurant qui se trouvait en face.

Après nous être restaurés, nous allâmes à pied jusqu'à l'endroit où j'avais garé la voiture.

Je démarrai et suivis la rue sous le métro aérien, jusqu'au parc. Dans le parc, tout était calme, et je lui dis :

— Vous voilà enfin à votre vraie place.

Elle posa sa main sur la mienne, qui était sur le volant.

Le soleil descendait, le jour baissait et il faisait déjà noir lorsque nous arrivâmes chez le rabbin. C'était une maison de style anglais, parmi toute une rangée d'habitations semblables, avec un haut perron et une entrée au rez-de-chaussée, sous les marches. Nous avions hésité une minute avant de décider s'il fallait sonner en bas ou en haut, mais comme la petite pancarte était accrochée à la fenêtre du haut, nous montâmes l'escalier. Je sonnai ; il n'y avait pas de lumière dans la maison et je crus un moment qu'il n'y avait personne.

— Il est peut-être à la synagogue, suggéra Beth. C'est bientôt le sabbat. Nous arrivons peut-être trop tard.

— Sonnez encore une fois.

Juste au moment où elle se préparait à sonner, nous entendîmes un bruit de ferraille sous le perron et la petite grille en fer s'ouvrit. Je me penchai par-dessus la balustrade et j'aperçus une femme. Elle leva la tête et dit quelques mots que je ne compris pas. Beth se pencha et lui parla en yiddish. La femme s'en alla et, quelques instants après, elle vint ouvrir la porte du haut ; elle avait un bougeoir à la main. Nous marchions derrière elle et elle nous fit entrer dans un salon étroit et très long. La pièce n'était éclairée que par la bougie qu'elle tenait à la main et par un chandelier à sept branches placé sur une petite table au fond du salon. Cela ressemblait plus à un enterrement qu'à un mariage.

La femme nous quitta.

— Pourquoi n'allument-ils pas ? demandai-je à Beth.

— Probablement parce que c'est bientôt le sabbat ; et nous sommes peut-être en retard. On ne peut pas se marier pendant le sabbat.

— Croyez-vous qu'un rabbin raterait une occasion de ramasser un peu de galette ?

— Buck !

Le rabbin entra. Il était grand et portait un petit bouc. Il avait le visage rond et avenant.

— Vous voulez vous marier ? fit-il en anglais, et il sourit.

— Oui, répondis-je.

— Il faudra attendre quelques minutes, le temps de rassembler un « minion ».

— Ça ne fait rien.

— Votre licence, s'il vous plaît ?

Je la tirai de ma poche et la lui tendis. Il la regarda et dit :

— Je ne vous garderai pas longtemps. Il faut se dépêcher : il va bientôt faire nuit.

— Faites.

Quand il fut parti, je demandai à Beth :

— Qu'est-ce que c'est qu'un « minion » ?

— Dix hommes. Il faut dix témoins à toutes les cérémonies religieuses.

Un gosse d'une huitaine d'années s'amena et nous regarda en silence.

— Viens ici, fils, dis-je.

Il s'approcha et je remarquai ses yeux ; ils étaient grands et noirs, et semblaient n'être que deux immenses pupilles à la lumière des bougies. Il était gentil avec ses cheveux noirs frisés et son visage ovale, nous regardant à travers ses cils comme s'il n'avait pas eu besoin de grandir et de vivre pour savoir ; tout le savoir était déjà là.

— Comment t'appelles-tu ?
— Uriel.
— Quel nom merveilleux, fit Beth.

L'enfant la regarda et dit :

— Qu'est-ce qui est « merveilleux » ?

Il eut quelque difficulté à prononcer les trois syllabes, mais c'était clair. Il avait une voix très douce.

— Il a une belle voix, remarqua Beth.
— Je chante dans un chœur, dit l'enfant.
— Est-ce qu'il fait partie du « minion », demandai-je. Beth sourit et répondit :
— Non, il est trop jeune.

Nous entendîmes plusieurs personnes monter l'escalier. Le rabbin entra avec sa femme et le nombre de témoins requis.

— Vous ai-je fait attendre ?
— Pas du tout, répondit Beth.
— Uriel, descends.

— Laissez-le, je vous en prie, dit Beth.
— Voulez-vous venir par ici ?

Nous nous levâmes. Tous les yeux étaient fixés sur nous. Nous suivîmes le rabbin à l'autre bout de la pièce ; il prit le candélabre et le plaça sur une petite table, sous un dais. Sur la table, il y avait une bouteille de vin, une soucoupe et un verre. Beth passa sous le dais et je la suivis. Uriel vint se planter à côté de moi, un peu en avant, et me regarda. Je vis les bougies se refléter dans ses yeux.

La cérémonie commença et, pendant qu'elle se déroulait, je regardais l'enfant et me demandais pourquoi il ne souriait jamais.

Les murs étaient recouverts d'une espèce de toile tissée de fils d'or, et l'or reflétait la flamme des bougies.

— L'anneau, s'il vous plaît.

Je le lui tendis et il me le rendit.

— À l'index. Tenez-le et répétez après moi.

Je répétai les mots qui ne signifiaient rien pour moi.

Le rabbin versa un verre du vin de la bouteille, chantonna pendant un court instant, puis me tendit le verre.

— Buvez, je vous prie.

Je bus une gorgée ; c'était épais et très sucré. Ensuite le verre fut présenté à Beth qui but à son tour. Le rabbin versa le reste du vin dans la soucoupe, se pencha et plaça le verre à mes pieds. Il se releva et sourit.

— Marchez dessus, me dit Beth.

Je l'écrasai d'un violent coup de talon ; il se brisa en miettes. Un murmure courut parmi les assistants.

Nous nous embrassâmes, et le « minion » s'en alla sans rien dire — repartis comme ils étaient venus. Le rabbin nous serra les mains ; sa femme balayait les débris de verre.

Quand je l'eus payé, nous nous apprêtâmes à sortir.

— Bonsoir, Uriel, dit Beth.

Je posai ma main sur sa tête, la secouai un peu et lui dis :

— ... Soir, fils.

Le rabbin sourit :

— Votre licence, fit-il. Voulez-vous signer, s'il vous plaît ?

Je l'avais presque oubliée dans ma hâte. Il était très tard. Il se tourna vers la femme et lui dit quelque chose en yiddish. Elle sortit de la pièce et descendit l'escalier et, alors que nous étions en train de signer, elle revint accompagnée de deux hommes.

— Mes fils, dit le rabbin.

Je saluai d'un signe de tête. Ils n'eurent pas un sourire. L'un d'eux regardait Beth et ne la quittait pas des yeux, même pendant qu'elle était occupée à signer. Elle s'en rendit compte et lui tourna le dos et, lorsque la licence m'eut été rendue et que je l'eus fourrée dans ma poche, elle me prit le bras. Nous sortîmes.

# LIVRE TROISIÈME

## 16

L'été vint, avec sa chaleur, avec ses jours qui n'avaient même pas l'excuse d'être secs. L'humidité était semblable à une immense vapeur invisible qui oppressait le corps jusqu'à ce qu'on eût l'impression qu'il n'y avait plus d'air à respirer. Il en fut ainsi durant des semaines et plus ; ensuite vinrent les pluies tièdes et les vents rafraîchissants de l'océan, et on avait l'impression de sortir d'un cauchemar.

Beth était grosse. Me rendant compte que la chaleur l'indisposait, je lui proposai d'aller habiter près de la plage. Elle refusa ; cela ne serait pas pratique ; elle était habituée à son confort à la maison ; et il faisait frais chez nous, avec le parc juste en face.

Le soir, nous faisions un tour dans le parc. Elle ne voulait se promener que lorsqu'il faisait noir ; nous ne sortions dans la journée que lorsque le temps fraîchissait et qu'elle pouvait mettre son manteau. C'étaient de belles soirées.

À plusieurs reprises, je dus prétexter un travail de nuit afin de pouvoir rattraper un peu de sommeil dans un hôtel ; une fois, il y eut une femme et en voyant le lendemain Beth avec son ventre enflé, j'eus honte et je me rendis compte que j'avais fait cela parce que j'étais ivre, et que je lui étais toujours aussi attaché.

Dès lors, nos promenades devinrent plus fréquentes ; il est vrai que le service de nuit était moins accaparant. On rentrait à la maison sans parler beaucoup ; et tous les soirs il lui fallait un bain avant de se coucher. Moi, couché de mon côté du lit, l'écoutant prendre son bain et m'écartant le plus possible afin de lui laisser une place bien fraîche ; elle, rentrant dans la chambre, sentant le talc, me souhaitant le bonsoir, se tournant un peu et s'endormant. Elle s'endormait très vite.

Jamais nous ne parlions de la chose qui allait venir. Lorsqu'elle était allée pour la première fois se faire soigner et que je lui avais demandé qui était le médecin, elle m'avait répondu que c'était une doctoresse. Mais quand elle eut pris du ventre et changé sa doctoresse pour un médecin, et que je lui en demandai la raison, elle me répondit que c'était un parent éloigné de sa tante.

— Je croyais qu'elle était fâchée avec toi ?

— Je lui ai écrit à propos de l'enfant..., répondit-elle ; elle n'est pas tellement méchante.

Je lui dis de faire à sa guise.

Finalement, l'été fit place aux jours frais de l'automne. La réouverture des théâtres et des clubs de nuit, la réapparition des escrocs, joueurs professionnels et demi-mondaines me forçaient à passer plus de temps au bureau que pendant l'été. À ceux qui ne sont pas au courant, ceci paraît étrange : la plupart des fripouilles et des femmes quittaient la ville pendant l'été pour suivre la foule vers les stations balnéaires et les champs de courses. Ils revenaient en automne et nous étions de nouveau occupés à les faire défiler au poste.

Ce jour-là était un de ces jours étouffants qui arrivent brusquement au milieu de la fraîcheur de l'automne ; je ne voulais pas aller loin pour déjeuner. Il y avait un restaurant ambulant qui stationnait près du poste ; je m'assis au bout du comptoir, aussi loin que possible du jour. Il n'y avait pas beaucoup de monde à déjeuner.

Le patron était accoudé au comptoir et parlait à un client. Je m'installai sur le dernier tabouret et posai mon chapeau sur un autre ; l'homme qui parlait au patron prit le suivant ; je commandai mon menu.

— Oui, dit le patron à son interlocuteur, il s'est endormi dans mes bras. Sa femme dit : « Il est mort ». Et moi je me disais — bien entendu, je ne le disais pas tout haut, elle n'aurait pas compris — je me disais à part moi : « Si seulement elle savait, si seulement il avait su. » Il n'y a pas de mort. Autrefois, quand je le rencontrais sur les marches, je lui disais : « Regarde par la fenêtre, regarde les arbres ; ils sont nus maintenant, comme morts ; mais ils ne sont pas morts. » Et lui me disait : « Tout ce que je sais, c'est que je peux encore pisser aujourd'hui, tandis que demain... » Je voulais lui prêter des livres sur la *Christian Science*, mais il ne voulait pas les prendre. Si seulement il avait su...

L'arrivée de ce que j'avais commandé l'interrompit ; il plaça les plats devant moi. Je commençai à manger ; il retourna vers l'homme.

— Si seulement ils savaient : il n'existe pas d'autre puissance que celle de Dieu. Mon petit garçon — il n'a que quatre ans — le sait, lui. S'il ouvre un tiroir et que c'est trop dur pour ses petites forces, il dit : « Il n'existe pas d'autre puissance que celle de Dieu ; sors de là, Satan ! » Et il tire un bon coup et le tiroir s'ouvre.

— J'ai ressenti la même chose, fit l'homme qui était assis sur le tabouret ; j'ai ressenti la même chose quand mon petit chien est mort. J'ai essayé toutes les saloperies possibles et imaginables. Il avait la maladie et je lui ai fait prendre un tas de médicaments et fait venir un vétérinaire, mais il est mort quand même. Si je n'avais pas tout essayé, je n'aurais pas eu tant de chagrin. Je croyais que c'était de ma faute. J'avais l'impression d'avoir les mains attachées derrière le dos. C'est alors que je me suis aperçu que même la vie d'un petit chien était une chose pour laquelle je ne pouvais rien. Peut-être que si j'avais demandé des conseils au lieu de faire le mariole avec mes médicaments, peut-être qu'il ne serait pas mort. C'était un bon petit chien. Tout malade qu'il était, quand j'ouvrais la boutique — je le gardais dans l'arrière-boutique — les yeux collés et pouvant à peine se tenir debout, il venait à moi en remuant la queue. Nom de Dieu, ce que je l'aimais, ce petit chien. Vous ne le croiriez pas ; j'en ai pleuré.

— Je vous crois, dit le patron. Peut-être que c'était destiné à vous servir de leçon pour une occasion plus importante. Avez-vous des enfants ? Non ? Vous en aurez. Non, vous n'êtes pas trop vieux. Vous en aurez. Ils sont l'essence de Dieu. Rappelez-vous cela, ils sont Dieu. Étudiez les premières minutes de la vie d'un enfant, c'est exactement votre portrait, votre double, dans tous les détails. Non, ce n'est pas votre désir qui vous le montre ainsi, c'est Dieu.

L'homme se leva et dit :

— Alors, salut Bradey... À demain.

En se levant, il avait fait tomber mon chapeau du tabouret. Il se baissa et le ramassa. Je fis comme si je n'avais rien vu, afin qu'il n'eût pas à s'excuser. Il remit le chapeau à sa place et sortit.

Peu après, je réglai ma note et partis à mon tour.

\*

Le lendemain était un dimanche et le temps s'était de nouveau rafraîchi. J'étais couché, écoutant Beth relever les stores et fermer les fenêtres. Elle s'avança au milieu de la chambre et je vis qu'elle s'efforçait de ne pas faire de bruit ; je me mis sur mon séant.

— Réveillé, Buck ?
— Non, je suis somnambule.

Elle rit, laissa remonter le store et le soleil entra dans la chambre.

— J'ai horreur de la pénombre, dit-elle.

— Je ne peux pas dormir s'il ne fait pas complètement noir.

— Je sais, mais je n'aime pas ça. Allez, lève-toi. Qu'est-ce que tu veux pour ton petit déjeuner ?

— N'importe quoi.

— Jamais je ne réussirai à te faire choisir quelque chose une fois pour toutes ; il n'y a pas une chose qui te plairait ? Je descendrais la chercher.

— Non. Ne descends pas. Je prendrai des œufs et du café ?

— C'est tout ?

— À quelle heure déjeune-t-on ?

— Une heure, deux heures, c'est comme tu voudras.

— Du café et des œufs. J'ai envie d'avoir faim pour déjeuner. Je veux savourer au moins un repas par semaine en toute tranquillité.

Je me rasai et m'habillai. Nous prîmes notre petit déjeuner ensemble. Pendant qu'elle faisait la vaisselle, je lisais mon journal dans le salon ; quand elle eut terminé, elle vint me rejoindre.

— Qu'allons-nous faire aujourd'hui ? demandai-je. Que dirais-tu d'une balade avant le déjeuner ?

— Faut que je nettoie la maison. Toi, vas-y, Buck. Tu ne fais que m'encombrer.

— Laisse, je vais faire venir le gamin. Pourquoi

ne le laisses-tu pas nettoyer à ta place ? Tu veux économiser de l'argent ?

— Ce n'est pas ça. Je sens que c'est à moi — que c'est mon travail.

— Laisse-le pour une fois. Et d'ailleurs, personne ne vient nous voir.

— Ne sois pas stupide. Bien sûr tu ne le vois pas, mais c'est sale même pour nous. Ça ne me prendra pas longtemps. Va-t'en. Dès que j'aurai fini, il faudra que je m'occupe du déjeuner. Allons, va.

— Je reviens tout à l'heure, dis-je.

— Reviens vers une heure.

Je descendis par l'ascenseur. Le gosse me montra ses dents aurifiées dans un large sourire.

— C'est pour bientôt, patron — pour bientôt ?
— Oui.
— J'espère que ce sera un garçon, un beau garçon.

— Oui, répondis-je, en songeant qu'en effet ce devait être cela qu'il convenait de souhaiter à un garçon.

Dehors dans la rue, ne sachant où aller, semblable au dompteur de lions qui dresse les chats quand il est de sortie, je pris ma voiture et me dirigeai vers le poste.

Je vis Mac — je ne crois pas y être jamais allé sans le trouver. Nous fîmes une partie de cartes agrémentée de quelques verres. À midi et demi, je m'arrêtai de jouer. Il protesta.

— Faut que je rentre chez moi, dis-je.

— Pourquoi ? Saoulons-nous. J'ai envie de me noircir.

— Vous l'êtes déjà.

— J'suis pas saoul, mais je vais me saouler.

— Allez-y. Moi je rentre ; je lui ai promis que je rentrerais.

— Quoi ? Une femme ? C'est tout le temps une nom de Dieu de femme qui vient empêcher les hommes de s'amuser.

— Pas de ça ! Je suis marié.

Il me considéra pendant quelques secondes, puis il fit :

— Merde, alors. Je veux bien être un enfant de putain...

— Vous l'êtes.

— Possible que je le sois ; j'suis...

— C'est bon, c'est bon, est-ce que je ne viens pas de vous le dire ?

— Sûr que...

— Eh bien ! vous l'êtes, et un moche, encore.

— Possible que je le sois — n'empêche que je voudrais bien voir la bonne femme qui est capable de vous tenir longtemps dans le même lit.

— Parlons d'autre chose, compris ?

— Bon, ça va. Merde alors. C'est à ce point-là, hein ? À ce point-là !

Je ramassai mon chapeau et mon pardessus et pris le chemin de la porte.

— Et tâchez de ne pas aller faire le con, espèce de morveux d'Écossais, dis-je en claquant la porte.

Pourquoi étais-je furieux en revenant à la maison, je n'en sais rien. J'imagine que j'étais mécontent de moi-même. Mac ne m'avait rien dit qui pût m'offenser. L'offense était en moi.

Beth était dans la cuisine lorsque j'entrai. Elle me jeta un coup d'œil et, voyant mon visage congestionné par la boisson, elle me tourna le dos et se replongea dans ses casseroles, sans dire un mot. Je savais que le silence s'était établi entre nous. Quand elle était en colère, elle ne parlait que par monosyllabes. Je détestais cela.

« Et toute une journée à passer ainsi », me dis-je. J'avais envie de lui dire de ne plus y penser, mais je ne pouvais pas m'y résoudre parce que je m'en étais voulu à cause d'elle. Nous mangeâmes en silence. Le repas terminé, je passai au salon et me remis à lire le journal jusqu'à ce que les lignes se brouillent devant mes yeux. Je m'étendis sur le sofa et m'endormis. Quand je me réveillai, il était déjà tard. Beth était assise dans le fauteuil près de la fenêtre, lisant un livre. J'allai dans la salle de bains me passer de l'eau froide sur le visage et quand je revins dans le salon, je lui dis :

— Tu veux aller au cinéma ?

Elle se leva et prit son manteau et son chapeau dans le placard. Je pris le mien et nous descendîmes par l'ascenseur. Tout en marchant, je m'efforçais de faire bonne figure afin que les gens ne soupçonnent point qu'il y avait quelque chose entre nous, si bien qu'en arrivant devant le cinéma, j'avais les muscles du visage endoloris. L'obscurité et le calme de la salle me firent du bien. J'étais navré d'être obligé de partir quand la séance fut terminée.

Il faisait nuit, mais je me sentais gêné de marcher ainsi à l'écart, à côté d'une femme enceinte. Enfin, nous arrivâmes à la maison. Beth s'arrêta près de l'entrée, s'appuya contre le mur et contempla le parc.

— Tu montes ?

Elle ne répondit pas.

— Cesse de faire l'idiote et monte.

Elle resta silencieuse.

— C'est bon. Moi, je monte, dis-je, et je la laissai là. J'avais à peine ôté mon pardessus et mon chapeau qu'elle sonnait à la porte. J'ouvris et faillis pouffer : une femme enceinte s'efforçant d'avoir l'air digne !

Elle entra dans la salle de bains tandis que j'allais à la cuisine faire chauffer du café. Pendant que j'étais en train de le boire, je l'entendis remuer dans la salle de bains et l'eau se mit à couler dans la baignoire. Quand je pénétrai dans la chambre, ses vêtements étaient étalés sur la chaise et je l'entendis qui se lavait dans le bain. Je me déshabillai, fermai l'interrupteur et m'allongeai dans les ténèbres.

Peu après, elle entra dans la chambre et se mit au lit. Elle se retourna plusieurs fois comme si elle ne se sentait pas bien, puis, au bout d'un petit moment, elle s'endormit, son pied contre le mien ; il était encore chaud et humide du bain.

Je n'arrivais pas à dormir, aussi restais-je étendu sans bouger, les yeux grands ouverts, cherchant par quel moyen je pourrais bien arriver à trouver le sommeil quand, soudain, son pied s'écarta brusquement du mien et elle se mit à geindre en dormant. Cela dura un moment, puis elle poussa un cri perçant et fut debout. J'allumai.

— Qu'est-ce qu'il y a ?
— Oh ! Buck, mon ventre.
— Qu'y a-t-il ?
— J'ai un mal au ventre terrible.
— As-tu pris ton cascara ? Tu dois en prendre tous les soirs.
— Oui.
— C'est la viande que tu as mangée.
— Je ne sais pas.
— C'est sûrement la viande que tu as mangée. Tu ferais bien de prendre un lavement. Va, prends un lavement. Tu te sentiras mieux.

Elle sortit du lit et me tourna le dos, espérant sans doute que je ne verrais pas son ventre ballonné. Je détournai les yeux et l'entendis ouvrir le tiroir (c'est là qu'elle mettait le bock à injections), et s'en aller dans la salle de bains. Au bout de quelques minutes, je descendis du lit et frappai à la porte.

— N'entre pas, je t'en prie, n'entre pas, supplia-t-elle.
— N'oublie pas le savon ni le grand tuyau à injections.
— Je m'en sers.

Je me remis au lit. Quand elle rentra dans la chambre, je vis que le lavement ne l'avait pas soulagée.

— Je suis aussi malade qu'avant, déclara-t-elle.

— Couche-toi et essaie de te reposer. Tiens-toi tranquille. Comme ça, remonte tes genoux et serre-les contre ton ventre, ça te soulagera.

Elle fit comme je le lui disais. J'éteignis. Quelques secondes plus tard, elle recommença à geindre et à remuer.

— C'est inutile, c'est pire maintenant.

Je rallumai.

— As-tu été ? demandai-je.

— Oui.

— Alors c'est peut-être l'autre chose.

— Je ne l'attends que dans trois semaines.

— Quelles douleurs ressens-tu ? Est-ce que ça va et ça vient ?

— C'est continu.

— Ça devrait être intermittent ?

— Oui.

— C'est peut-être la viande, alors.

— Je ne sais pas, je ne sais pas. C'est épouvantable.

Elle écarta les draps et retourna dans la salle de bains. Lorsqu'elle en sortit, elle était livide. Je sortis du lit pour la soutenir ; la douleur la tenait courbée en deux. En passant devant la commode, elle posa les mains dessus et s'y appuya de tout son poids.

— Laisse-moi me tenir debout ; je me sens mieux quand je me tiens debout.

Je restai planté devant elle, la regardant se balancer de droite et de gauche. Soudain, un jet de liquide éclaboussa le plancher sous elle.

— Qu'est-ce que c'est ? demandai-je. Qu'est-ce que c'est ?

— Je ne sais pas.

— C'est peut-être l'autre chose. C'est peut-être ton eau qui part. Vaut mieux que j'appelle le médecin.

— Attendons encore ; je ne voudrais pas le faire venir pour rien.

Nous attendîmes, mais cela ne fit qu'empirer.

— C'est toujours une douleur régulière, continue ?

— Oui.

— Je crois qu'il vaut mieux que je l'appelle.

Je téléphonai au docteur. Oui, il venait tout de suite ; à peu près une demi-heure, peut-être moins. Il était habillé et cela ne lui prendrait pas longtemps ; ce n'était pas loin. Au revoir.

Je retournai dans la chambre.

— Étends-toi, Beth. Tu te sentiras mieux.

Elle se coucha et ne cessa de rouler de côté et d'autre en poussant de courts gémissements. Son menton tremblait légèrement, mais ses mâchoires claquaient lorsque la douleur augmentait.

— Essaie de rester étendue sans bouger. Si tu te retournes comme ça, ça n'arrangera rien.

— Je ne peux pas ; c'est effrayant. Il faudra qu'il me donne quelque chose.

Les choses en étaient là quand le docteur arriva. Je le fis entrer au premier coup de sonnette. Il était jeune — je ne le connaissais pas. Nous entrâmes dans la chambre.

— Qu'est-ce que c'est ? interrogea-t-il.

— Je ne sais pas. Donnez-moi quelque chose, je vous en prie.

— Tenez-vous bien ; tournez-vous de l'autre côté. Étendez-vous en travers, comme ceci, là... laissez pendre vos jambes.

Il étendit la couverture sur elle, se pencha et passa sa main sous les draps ; elle tressaillit violemment. Il se redressa.

— C'est bien ce qu'on attendait, fit-il.

— C'est ce que je pensais, dis-je. Ça devait être son eau qu'elle a lâchée tout à l'heure.

— ... Peux pas dire ; où se trouve la clinique ?

— Un peu plus loin dans la rue.

— Allons-y dans ma voiture.

— Prends mes vêtements, Buck, s'il te plaît ?

— Vous n'avez pas besoin de vêtements, déclara le docteur ; une paire de souliers et un manteau suffiront.

Il entra dans la salle de bains. J'apportai à Beth ses souliers et ses bas et m'apprêtai à l'aider.

— Je vais les mettre toute seule, fit-elle en se penchant en avant.

Mais elle se redressa vivement.

— Je ne peux pas.

Je lui mis ses bas et ses chaussures, passai mon bras sous le sien et l'aidai à descendre du lit. Le docteur sortait de la salle de bains en s'essuyant les mains avec une serviette. Je la couvris avec son manteau.

— A-t-elle un manteau plus chaud ? Elle ferait mieux de prendre un manteau d'hiver, conseilla le docteur.

Je lui mis un autre manteau. Beth mit ses mains sur mon bras et marcha avec moi jusqu'à la porte. Elle serrait dur.

— Avez-vous pris des chemises de nuit ? s'enquit le docteur.

— J'ai oublié, fit Beth.

— Alors, prenez des vêtements pour le bébé en même temps.

— On ne le permet pas ; ils se servent des leurs, dit Beth.

Je retournai prendre deux chemises de nuit dans la commode et les rapportai dans la main.

— Pourquoi n'as-tu pas pris le petit sac ? demanda-t-elle en voyant que je les portais ainsi.

— Inutile. Je peux t'en porter d'autres demain.

Dans le couloir, j'appuyai sur le bouton de l'ascenseur et entendis la sonnerie en bas. Pendant que nous attendions, Beth se cramponnait fortement à mon bras.

— Buck, tu ne connais pas le docteur Shuster... mon mari, ajouta-t-elle en me présentant.

— Comment allez-vous, inspecteur ?

Je lui fis un signe de tête sans répondre et sonnai

de nouveau. Le bruit de la grille du rez-de-chaussée se refermant monta jusqu'à nous et l'ascenseur démarra. Quand le gosse ouvrit la porte et nous aperçut, il ouvrit de grands yeux. Tandis que nous descendions, il n'arrêta pas de rouler des yeux en regardant Beth. L'ascenseur stoppa et il ouvrit la grille. Nous traversâmes le hall.

Il faisait frais dehors, et Beth ramena frileusement les bords du manteau autour d'elle, abandonnant une seconde mon bras. Aidé par le docteur, je la pris sous les bras et la fis monter dans l'auto. Je montai à côté d'elle. La voiture démarra.

En chemin, il fallut passer par une route mal pavée et, au lieu de ralentir, le docteur accéléra brusquement. Nous fûmes terriblement secoués.

— Ne pouvez-vous aller plus doucement ? dit Beth.

— Ça vaut mieux pour vous. Je veux vous secouer le plus possible.

— Bien sûr, ça vaut mieux pour toi, dis-je.

— Je ne pourrai jamais le supporter.

Le docteur se mit à rire et dit :

— Vous en rirez plus tard.

— Je vous assure que c'est terrible. Jamais je ne pourrai le supporter.

— Ne fais pas l'enfant, dis-je. Ça sera fini en un rien de temps.

— Elle criera encore, dit le docteur Shuster. Ceci n'est rien ; quand vous commencerez à crier, ça sera bientôt fini.

— Si ça empire, j'en mourrai.

— Vous n'en mourrez pas, mais vous crierez, je vous le promets.

— C'est là. Là où on voit les lumières, dit Beth.

La voiture stoppa devant la maison éclairée.

La clinique était située dans un ancien hôtel particulier comportant deux étages. Une marquise reliait le bord du trottoir à l'entrée ; nous passâmes dessous et sonnâmes à la porte. Quelques secondes après, une infirmière vint ouvrir. Nous voyant, elle soutint Beth par le bras sans mot dire, monta quelques marches avec elle et pénétra dans un vestibule. Il y avait un escalier qui conduisait à l'étage. Sous la cage de cet escalier se trouvait le bureau de réception, éclairé par une lampe verte. L'infirmière fit asseoir Beth sur une chaise et prit place devant une petite table.

— Votre nom ?

Beth répondit.

— Le nom de votre mari ? Le nom du médecin ?

Tout ceci était débité à voix basse pendant que Beth se tordait sur sa chaise.

— Je me sens très mal ; je crois que je vais rendre, dit-elle.

L'infirmière se leva et la conduisit au lavabo. Nous l'entendîmes hoqueter. L'infirmière l'emmena alors dans une autre pièce, à l'autre extrémité du hall, et revint seule un instant après.

— Avez-vous apporté un peignoir ou un kimono ?

— Non, j'ai une chemise de nuit.

— Je vais lui en chercher un, dit-elle en se dirigeant du côté de la porte d'entrée.

Passant dans la pièce où l'on avait conduit Beth, je la trouvai étendue sur le lit.

— Buck, je n'en peux plus.

— Il le faut ; sois raisonnable.

L'infirmière revint et dit en souriant :

— Elles disent toutes la même chose. Asseyez-vous et couvrez-vous avec ça. Vous serez mieux assise. Vous avez longtemps à attendre.

— Ça ne va pas bientôt finir ?

— Au bout de combien de temps la douleur revient-elle ?

— Ça dure tout le temps.

La nurse sourit :

— Venez vous asseoir dans le hall. Vous serez mieux qu'étendue. Et poussez tant que vous pourrez pour avoir encore plus mal ; autrement, ça peut durer longtemps.

— Je ne veux pas que ça me fasse plus mal.

— Plus ça vous fera mal et plus vite ce sera fini, dit l'infirmière.

Nous étions dans le hall et le docteur, entendant les derniers mots, dit :

— Elle n'a pas fini de crier, je vous le garantis.

— Vous ne me croyez pas. Aucun de vous ne veut me croire. Simplement parce que je ne hurle pas, vous ne voulez pas me croire. C'est effrayant, vous ne savez pas ce que c'est. Aucun de vous ne sait ce que c'est.

— J'ai deux enfants, dit l'infirmière.

— J'en mourrai, de toute façon, dit Beth, et après cela elle se tint tranquille.

Nous restâmes assis un moment, puis le docteur Shuster éleva la voix :

— Allons dehors nous asseoir dans la voiture ; on n'est pas bien ici.

Je le suivis. Dans l'auto, nous continuâmes la conversation. Comment était-ce venu ? Quand ?

— Il n'y a pas longtemps, répondis-je. Nous étions allés au cinéma, en matinée, voir *Our Blushing Brides*.

Il l'avait vu, me dit-il. Le prix du péché et le triomphe de la vertu — tout ce qu'il faut pour faire pleurer une femme d'affaires. Silence. Oui, continua-t-il, elle en avait encore pour longtemps. Probablement dans la matinée ; c'était son premier accouchement dans une clinique. Ses clientes qui auraient eu les moyens de s'offrir ça n'avaient jamais d'enfants ; elles n'accouchaient généralement pas d'autre chose que de tumeurs gastriques, et celles qui faisaient des enfants n'avaient pas de quoi payer la clinique.

— Elles les pondaient à la maison. La clinique était préférable en cas d'urgence. Très bien, celle-là, très très bien. Nouveau silence prolongé. Il avait de l'ambition ; pas tellement pour l'argent, mais il voulait faire beaucoup de choses. Avais-je entendu parler de la « Lessamine » ? Non ? Ça ne se vendait que dans les pharmacies, en boîtes de trente grammes. Ce n'était peut-être pas grand-chose, mais il laisserait au moins cela à la commu-

257

nauté. Ce n'était qu'une bien maigre tentative pour s'assurer l'immortalité, mais il était jeune. Oui, dis-je, il était jeune. Il avait le temps, tout le temps nécessaire. Il me demanda si je connaissais l'histoire de la femme qui, après avoir accouché, avait levé la tête et avait aperçu le docteur tenant une aiguille et le catgut à la main. Non ? Il la raconta. À mon tour. Je lui racontai celle des deux lutteurs qui s'étaient emmêlés. Après, ce fut son tour et ensuite, le mien.

Au bout d'un moment, nous rentrâmes et le docteur examina Beth. Il secoua la tête. De nouveau, elle me dit qu'elle ne pourrait jamais le supporter. Quelques instants plus tard, nous étions de nouveau dans l'auto. Cette fois, nous restâmes assis à sommeiller jusqu'au petit jour. Le ciel s'éclaira derrière le jardin et les arbres se détachèrent nettement sur le fond clair.

— Marchons un peu, proposa le docteur.

Nous nous promenâmes dans le parc. Le soleil était levé à notre retour.

— Je vais aller la revoir et s'il n'y a encore rien, il faudra que j'aille visiter quelques clients. Je téléphonerai toutes les dix minutes de façon à être là tout de suite au cas où il se passerait quelque chose.

Beth était toujours dans le hall. Le docteur l'emmena dans la chambre du fond. En sortant, il me dit :

— Rien encore. Je téléphonerai. Vous feriez bien d'aller la voir ; elle veut se coucher.

J'entrai dans la chambre. Beth était sur le lit, remuant sans cesse.

— Ce n'est pas ça qui arrangera les choses, dis-je. Pourquoi ne te tiens-tu pas tranquille ?

— Je ne peux pas. Alors, parce que je ne crie pas, tu ne veux pas croire que j'ai mal ?

— Mais si, je te crois.

Étendue sur le lit, elle n'arrêtait pas de bouger et de se plaindre doucement. Je m'assis près d'elle, un coude sur mon genou, la tête dans ma main. J'étais fatigué et bientôt je m'assoupis. Beth me secoua et dit :

— Ne t'endors pas, Buck, je t'en supplie, ne t'endors pas.

La même chose se répéta à plusieurs reprises. Je commençais à être énervé ; je ne voyais pas en quoi cela pouvait la soulager que je ne dorme pas. Peu après, une infirmière portant un plateau de petit déjeuner passa devant la porte.

Une autre infirmière entra, étrange, celle-là ; petite, très brune, elle parlait très rapidement avec un léger accent espagnol. Voudrais-je avoir la bonté de sortir ? J'obtempérai et attendis dans le hall. Quelques minutes après, elle ressortit et je pus rentrer.

— Elle est terrible, dit Beth ; elle m'a fait un mal de chien.

— Elle doit connaître son boulot, j'imagine.

Je m'assis ; le docteur entra.

— Je viens de voir l'accoucheuse, dit-il. Voulez-vous prendre quelque chose, inspecteur ?

— Bon Dieu, oui ! Un peu de café ne me ferait pas de mal. Nous allons revenir, Beth.

Un gémissement fut toute sa réponse.

Tout en marchant le long de l'avenue, j'interrogeai le docteur :

— Comment la trouvez-vous ? Combien de temps croyez-vous que ça durera ?

— Pas avant ce soir. J'en suis à peu près certain, pas avant ce soir. Je l'examinerai de nouveau quand nous reviendrons et si je ne vois rien de particulier, il faudra que je parte.

Nous prîmes notre petit déjeuner dans un modeste restaurant et, sur le chemin du retour, je l'interrogeai de nouveau. Oui, vers les huit heures, ce soir, croyait-il. Non, il n'y avait rien à faire. Si seulement elle voulait essayer de pousser pour le faire venir. Elle ne faisait pas assez d'efforts. Elle tâchait de se faire le moins mal possible. Ce qu'elle ressentait en ce moment n'était rien en comparaison de ce qu'elle subirait plus tard. Elle n'avait pas fini de crier.

La porte de la clinique était ouverte quand nous arrivâmes. Le docteur marchait devant moi et, tout à coup, il se mit à courir à travers le hall et je compris ce qui se passait : l'infirmière conduisait Beth à la salle d'accouchement qui se trouvait tout au fond. L'infirmière souriait et faisait des signes au docteur. Beth se recroquevillait de douleur. Ils entrèrent tous trois dans la salle. J'ouvris la porte et entrai derrière eux. Ils étaient en train de lui attacher les pieds à la table d'accouchement.

— Vous ne devez pas entrer, dit l'infirmière.

— Restez dehors, inspecteur, ça vaut mieux, fit le docteur. Si durs soient-ils, j'en ai vu qui tombaient par terre et j'étais obligé de les y laisser jusqu'à ce que j'aie fini. Tenez, prenez mon pardessus et mon chapeau en même temps.

Je sortis et posai son pardessus et son chapeau sur une chaise du hall. Je n'avais pas de pardessus ; je n'avais pris que mon chapeau.

Le radiateur nickelé installé près de la salle d'accouchement était brûlant ; je m'en éloignai.

La porte de la salle d'accouchement était percée d'une minuscule fenêtre, sorte de judas d'observation ; en regardant à travers le carreau, j'aperçus la tête du docteur. Il se baissa, puis je le vis s'approcher de la porte. Il l'ouvrit brusquement et sortit ; il portait un tablier blanc et des gants de caoutchouc.

— Dans une demi-heure, au plus, annonça-t-il, puis il rentra vivement dans la pièce.

À travers la porte, j'entendis leurs voix ; je m'approchai un peu plus.

— Je ne mets jamais de gants en caoutchouc, dit le docteur.

— C'est une règle de la maison, déclara l'infirmière.

— Laissez-moi me reposer, laissez-moi reposer mes jambes. Ça me fait mal, à force de garder mes jambes dans cette position, gémit Beth.

— Non, non, pas de ça. Il faut nous aider au lieu d'essayer de nous arrêter. Chaque fois que vous avez mal, poussez. Plus vous pousserez et plus vite on vous détachera les jambes.

— Je ne peux pas, ououou ! ...

— Poussez, répéta l'infirmière. Là, cramponnez-vous à moi. Tirez...

Et maintenant, marcher de long en large, de long en large à travers l'étroit vestibule, devant le radiateur nickelé où mon image se reflétait, complètement tordue comme dans un miroir déformant, devant la porte du monte-plats, la porte de la salle de bains, le bureau et demi-tour pour repasser devant la salle d'accouchement, le visage du docteur grandissant au fur et à mesure que j'approchais, demi-tour encore. Et pousser. Maintenant, pousser et marcher de long en large et pousser encore.

— Essayez, Beth, disait le docteur.

— Mais j'essaye, vous ne savez pas à quel point j'essaye.

— Bon. Maintenant, poussez...

— Ne puis-je reposer mes jambes ? Pour quelques minutes seulement. Je vous en supplie, seulement quelques minutes.

— Nom de nom, poussez maintenant — poussez maintenant !

Je restai planté là, regardant la porte. La tête du docteur plongea et disparut.

— C'est bien, mademoiselle, cinq gouttes, là... Encore dix maintenant.

L'odeur d'éther. Il y eut un silence, puis un cri strident et de nouveau le silence. Ensuite la voix de l'infirmière :

— Dieu, que ça été vite fait. C'est du travail rapide.

— Ce n'est pas le premier que je vois arriver avec le cordon ombilical autour du cou.

— Ah ! mes enfants, ce que ça été vite fait !

Le visage du docteur réapparut dans la petite fenêtre. Il tenait quelque chose à la lumière et l'examinait avec attention.

— Et voilà, dit-il.

— Pourquoi ne pleure-t-elle pas ? demanda Beth.

« Clac, clac, » puis un cri d'enfant.

— Satisfaite ? demanda le docteur. Comment saviez-vous que c'était une fille ?

— Je le savais.

— Docteur, docteur ! appela l'infirmière.

Il se pencha soudain. La nurse ouvrit la porte et cria :

— Miss Train, Miss Lavel, Miss Train, vite, venez aider. Dépêchez-vous !

Les deux infirmières accoururent.

— Miss Train, le catgut en vitesse.

L'une alla ouvrir un placard et l'autre entra avec l'infirmière dans la salle d'accouchement. La première prit quelque chose dans le placard et les suivit.

Je me cramponnais au bouton de la porte du monte-plats, éprouvant une sensation de chaleur depuis les pieds jusque dans la tête. La sueur coulant de mes poignets collait mes manchettes à ma peau. Mes cils étaient brûlants et humides.

Ils restèrent enfermés un bon moment. Je pris mon mouchoir et m'épongeai le front et les poignets. Une des infirmières sortit et s'en retourna du côté de la porte d'entrée. Le docteur Shuster vint vers la porte.

— Ça va, inspecteur, entrez.

Il ouvrit toute grande la porte et j'entrai. La première chose que je vis fut le rouge. Le docteur, les infirmières, et même la fenêtre près de la table, tout en était éclaboussé.

Le docteur et les infirmières l'entouraient. Elle m'aperçut et sourit, et je lui souris aussi.

— Faites-lui encore une piqûre de gynergyne, dit le docteur. Et que l'une de vous la masse ; massez, pétrissez, jusqu'à ce que ça se raffermisse.

L'accoucheuse enfonça l'aiguille dans la jambe ; les muscles eurent un tressaillement ; d'une geste prompt, elle retira l'aiguille et badigeonna la place avec un peu de teinture d'iode. La grande infirmière — Miss Lavel, je crois — s'arrêta de masser et alla jeter un coup d'œil sur le panier dans lequel on avait placé le bébé. Elle se baissa pour l'examiner et se retourna.

— Docteur, l'ombilic saigne.

— Comment ? s'exclama-t-il en s'approchant du panier. Donnez-moi une autre bande, s'il vous plaît.

Ses doigts s'affairaient.

— Ça tiendra maintenant, dit-il.

L'accoucheuse quitta la pièce. Miss Lavel se remit à pétrir le ventre.

— Continuez à masser jusqu'à ce que ça durcisse. La gynergyne va bientôt faire son effet, fit le docteur et, à son tour, il sortit.

— Je ne comprends pas pourquoi il ne lui met pas les bandages tout de suite, dit l'infirmière.

Je m'approchai de la table et me penchai sur Beth.

Elle avait les traits tirés comme si elle avait peiné pendant de longs jours sans dormir.

— Ça gaze, maintenant, hein, petit ? (Je ne trouvais rien d'autre à lui dire.)

Elle sourit :

— C'est une fille, Buck. Tu ne peux pas savoir combien j'avais envie d'avoir une fille.

Je regardai le bébé ; son visage était tourné vers moi et je le scrutai attentivement sans discerner la moindre ressemblance.

— À votre tour, monsieur. C'est à vous, maintenant, dit l'infirmière. Venez ici ; mettez vos mains là-dessous. Vous le sentez ? Alors, allez-y, massez, appuyez tant que vous pourrez. Vous sentez ? Il faut que ça reste ferme. Allez ; je vais m'occuper de l'enfant.

Tandis qu'elle parlait, la chose que j'avais sous les doigts se ramollit. J'enfonçai mes doigts et commençai à pétrir. L'infirmière prit le panier et l'emporta.

— Ce n'est pas la peine d'y aller si fort. Tu me fais mal.

— Je veux te faire mal. Il faut que ça durcisse.

265

— Je t'en prie, Buck, laisse-moi me reposer. Quand vas-tu me laisser me reposer ?

— Quand ça aura durci.

J'avais les poignets endoloris, mais c'était resté dur pendant plusieurs minutes. Le docteur entra et vint tâter.

— *Okay*. Rentrez chez vous, maintenant, et prenez un peu de repos. Ça ira tout seul, maintenant.

— Peut-être qu'on devrait encore la masser ?

— Non. Rentrez chez vous. Vous ne tenez plus debout.

— Va, Buck. Ne va pas au bureau aujourd'hui. Rentre à la maison te coucher, dit Beth.

— Oui, tu as raison.

Dehors, je m'arrêtai à un drugstore pour téléphoner au poste et leur dire que je n'irais pas de la journée. Ensuite, je rentrai à la maison, me mis au lit et dormis pendant deux heures environ.

Lorsque je fus réveillé, je descendis et pressai le pas jusqu'à la clinique. Là, on m'annonça qu'elle dormait d'un sommeil calme. Je m'en retournai.

# LIVRE QUATRIÈME

## 17

Comment passèrent les jours, je serais incapable de le dire. Un jour se fondait dans le suivant, et ainsi de suite. Comme ceci, peut-être : comme les scènes successives d'un rêve agréable, un rêve pendant lequel on dort si profondément que la vie autour du dormeur ne laisse aucune trace dans le rêve même.

L'hiver vint et il y eut de la neige et puis, tout d'un coup, ce fut de nouveau le printemps : la neige disparut et la verdure envahit de nouveau le parc.

Tout d'abord, ce n'était rien et tout d'un coup vous étiez submergé, enveloppé, mais pendant que cela grandissait et jusqu'à ce que vous fussiez pris, vous ne vous doutiez de rien. Je comparais cela aux nervures d'une feuille, quand on la regarde contre le soleil : si nombreuses qu'on ne distingue plus d'intervalles entre elles ; il n'y a plus que des nervures, et plus de feuille. Et toujours l'enfant occupait ma pensée. Pendant la journée, je m'apercevais tout à coup que je me répétais à moi-même ses premiers bégaiements et que j'attendais avec impatience l'heure de rentrer. C'était peut-être parce que je commençais à vieillir ; les jeunes, je pense que ça les touche moins, mais lorsqu'un homme de mon âge en a un près de soi et le voit pousser, cette petite chose grandit et peu à peu l'obnubile jusqu'à ce qu'elle se soit complètement identifiée avec lui.

Des jours torrides de l'été, je ne me rappelle que le vert du jardin, les cheveux de l'enfant, noirs et bouclés, mouillés par la transpiration, et le goût salé de la sueur lorsque j'embrassais son front. Et bientôt la chaleur diminua, et de nouveau ce fut l'automne. Le bébé fit ses premiers pas et commença à parler — et là où l'on aurait cru qu'il n'y avait plus de place, d'autres nervures vous enlaçaient et ne vous lâchaient plus.

J'étais resté à travailler tard, ce soir-là, et il était plus de minuit quand je quittai le poste. Je pris le métro car j'avais laissé ma voiture au garage pour la faire réviser. Rentré chez moi, j'ôtai veston, gilet et cravate et j'allai voir à la cuisine s'il restait quelque chose à manger pour moi. En tournant l'interrupteur, je me dis que je ferais mieux de m'occuper d'abord de l'enfant ; chaque fois qu'il m'arrivait de rentrer tard, mon premier soin était de l'emmener à la salle de bains.

J'entrai dans la chambre et me penchai au-dessus du berceau pour la prendre ; ce faisant, mon genou heurta le panneau mobile qui vibra avec un bruit métallique ; soulevant l'enfant et la serrant contre moi, je m'aperçus que son visage était mouillé et poisseux, et sentait le vomi. Je la remis dans le berceau, me penchai sur Beth et allumai la lampe du lit. La petite était couverte de déjections ; ses cheveux en étaient englués et quand je voulus l'essuyer, elle se réveilla en pleurnichant, et sa gorge émit une espèce de gargouillement.

— Tu as soif, mon gros ? Viens, on va chercher à boire.

Je l'emmenai dans la cuisine ; en arrivant sous la lumière, elle enfouit sa tête dans le creux de mon épaule pour cacher ses yeux. Quand elle entendit couler l'eau, elle se redressa et ses paupières clignotèrent sous la lampe.

Je tins le verre à portée de sa bouche ; elle se contracta violemment et but avec avidité, et ses petites mains tremblaient au bout de ses bras raidis.

— Pauvre, pauvre petite gosse qui avait si soif... dis-je.

Au fur et à mesure qu'elle buvait, les frissons diminuaient et, finalement, elle s'arrêta de trembler ; l'eau avait éteint le feu qui la rongeait. Quand ce fut fini, elle appuya sa tête contre la mienne ; je posai le verre et fermai la lumière. À mi-chemin du vestibule, en arrivant près de la chambre à coucher, elle se raidit et vomit l'eau qu'elle venait d'absorber.

— Je crois que je ferais bien de réveiller ta mère, gosse.

Tenant toujours l'enfant, je secouai Beth ; comme elle ne voulait pas s'éveiller, je la secouai plus fort ; elle murmura quelque chose et repoussa ma main.

— Lève-toi, bon Dieu ! Je n'ai jamais vu personne dormir comme toi.

— Qu'est-ce qu'il y a ? fit-elle d'une voix ensommeillée.

— La petite avait vomi. Je lui ai fait boire un peu d'eau et elle a tout rendu. Je pense qu'il faudrait lui donner un lavement.

Beth se leva lentement.

— Va chercher le bock et apporte la grande couverture. Viens chez maman, mon chéri.

Elle me prit la petite des mains et l'emmena dans la salle de bains.

— Fais couler l'eau chaude, ça chauffera la salle de bains, criai-je à travers la porte.

J'entendis l'eau couler. J'apportai le bock et la couverture. Beth ouvrit l'armoire et y prit le savon médicinal. À la vue du bock, la petite se mit à pleurer.

— Ne pleure pas, dit Beth, maman ne fera pas de bobo.

J'étalai la couverture par terre, remplis le bock d'eau tiède et l'agitai pour dissoudre le savon. Beth déposa l'enfant sur la couverture ; couchée sur le côté, elle pleurait doucement.

— Tiens-le, dis-je à Beth en lui tendant le bock.

Elle le tint levé au-dessus de sa tête.

M'agenouillant près de l'enfant, j'introduisis la canule ; elle cria plus fort. Je tenais la canule d'une main et, de l'autre, je lui maintenais les pieds pour l'empêcher de bouger.

— Ne pleure pas, baby, fit Beth. Ça va être bientôt fini. Maman ne veut pas te faire de mal, ma chérie. Buck, ne la serre pas aussi fort ; tu lui fais mal. Ce n'est pas la peine de la serrer aussi fort.

— Elle va donner des coups de pied si je la lâche.

— Tu n'as pas besoin de la tenir comme ça.

— Je ne lui fais pas mal.

— Je pense que c'est suffisant.

— Encore un peu.

— Ça fait beaucoup, tu sais.

— Ça ne lui fera pas de mal ; encore un peu.

La petite se mit à ruer et l'eau gicla.

— Ferme, maintenant, dis-je.

Beth posa le bock dans la baignoire et prit l'enfant dans ses bras pendant que je commençais à me laver les mains.

— Oh ! là là, qu'est-ce qu'elle avait comme poison dans le ventre, fit Beth. Je n'ai jamais vu un ventre pareil chez un enfant. Depuis qu'elle est venue au monde...

— Tu la bourres trop.

— Jamais de la vie ; tu voudrais la voir maigre comme une planche, toi.

— Tu n'arrêtes pas de la gaver, même quand elle n'en veut pas.

— Elle ne prendrait rien si je ne la forçais pas.

— C'est bon, c'est bon.

J'essuyai mes mains et ramassai la couverture.

— Mets-la à sécher sur la fenêtre, dit Beth. Tu en trouveras une autre dans le tiroir de la commode, le tiroir du bas.

Après avoir étendu la couverture, je pris celle qui se trouvait dans le tiroir de la commode et la plaçai sur le berceau ; Beth vint avec l'enfant, changea sa chemise de nuit et la coucha. La petite était pâle et avait l'air fatigué.

Beth se glissa dans les draps. Je me déshabillai, me mis au lit et éteignis.

Le bébé s'endormit et nous ne fûmes plus dérangés cette nuit-là.

## 18

La première chose que je fis lorsque je m'éveillai le lendemain matin, fut de relever le store et de regarder l'enfant ; elle dormait très tranquillement. Je tirai la couverture sur ses épaules.

Après m'être habillé, je secouai Beth. Elle me répondit d'une voix encore lourde de sommeil.

— Téléphone-moi quand elle s'éveillera, lui dis-je.

— Entendu, répondit-elle en s'emmitouflant dans les couvertures.

Je restai un instant à la regarder, puis je sortis.

Je me rendis à pied au garage ; ma voiture était encore entre les mains du mécanicien ; je lui dis de se dépêcher ; il me répondit qu'il faisait de son mieux ; on ne pouvait pas demander à un homme de faire plus ; et d'abord, un travail expédié en vitesse, c'était toujours mauvais. Si je voulais que ce soit bien fait, je serais forcé d'attendre. Je fis observer que ce que je voulais, c'était un travail soigné et vite fait et que s'il ne se sentait pas capable de le faire plus vite, il n'avait qu'à prendre quelqu'un pour l'aider. Il me la fallait pour demain. C'est bon, je l'aurais demain. Il avait l'air furieux ; il baissa les yeux et se remit au travail pendant que j'étais encore là.

Je sortis du garage et pris le métro.

Une grande activité régnait dans le poste. On avait reçu l'ordre de montrer un peu de zèle et surtout d'aboutir à des résultats. Le bruit courait que le Commissaire allait bientôt démissionner et que c'était son nettoyage d'adieu. Ces rumeurs me rappelèrent mes longues années d'attente. Quand le capitaine Mac me demanda qui serait le successeur, je lui dis :

— Qui vous a dit qu'il partait ?

— Ces choses-là se savent. Vous savez comment ça court, ces choses-là.

— La plupart du temps, ce ne sont que des bobards.

— Tout le monde le dit. Je crois que ça doit être vrai.

— Que ce soit celui-ci ou celui-là qui le remplace, qu'est-ce que ça change ? Nous avons notre boulot à faire.

— En tout cas, ça ne peut pas être pire, mais ça pourrait aller mieux. Il ne cassait rien.

— Est-ce qu'il vous laissait tranquille ?

— Sûr.

— Alors, quoi ?

— Vous commencez à l'aimer, à ce que je vois.

— Non, mais je le déteste moins ; c'est pareil pour tout, d'ailleurs.

— Vous vous ramollissez en vieillissant.

— Ramolli... Qu'est-ce qui vous ramollit ? Le bien-être... sans doute... des petits diables qui vous enfoncent des épingles dans le dos, vous forcent à vous lever et à marcher sans arrêt, à agir et encore agir. Boire et agir, et se battre et broyer jusqu'à ce que l'on tombe et qu'on ne sente plus les épingles. La mollesse... un mur qui empêche les diables d'entrer.

— Eh bien, merde !

— Faites pas attention, Mac. C'est probablement que je vieillis.

— Vous devriez vous soigner, prendre une dose d'huile de ricin.

La sonnerie du téléphone interrompit la conversation. Je répondis.

— C'est toujours pareil, Buck.

— Ça ne va pas mieux ?

— Non.

— Appelle le médecin.

— C'est déjà fait.

— Eh, bien ! ne t'effraie pas.

— Oh ! Buck ! Elle reste là couchée, sans bouger et ne fait que pleurer et appeler ma... maman, ma... maman, et réclamer de l'eau ; je lui en donne et elle la rend.

— N'aie pas peur. Téléphone-moi dès que le docteur sera parti.

— Je t'appellerai.

Je raccrochai.

— La gosse est malade ? demanda Mac.

— La pauvre petite n'arrête pas de vomir. Ça doit être l'estomac qui ne va pas.

— Elle n'est pas tombée sur la tête, des fois ? Un médecin m'a dit une fois que quand ils se cognent derrière la tête, ça les fait vomir.

— Non.

— Alors, c'est l'estomac.

Vers midi, Beth me téléphona pour me dire que le docteur Shuster avait examiné l'enfant.

— C'est de l'acidose.

— Qu'est-ce qu'il t'a dit de faire ?

— Il m'a donné un médicament et m'a dit de lui donner de l'eau de Kalak à boire.

— Envoie le garçon d'ascenseur chez le pharmacien.

— C'est fait. Quand rentres-tu ?

— Dès que je pourrai, Beth.

— Tâche de sortir tôt. Je ne peux rien faire ; faut que je sois dans la chambre tout le temps ; elle pleure.

— Alors, ne fais rien. Je rentre le plus tôt possible.

Un peu plus tard dans l'après-midi, elle me téléphona de nouveau et sa voix me parut angoissée.

— Elle s'est endormie vers les onze heures et depuis elle ne s'est pas réveillée.

— Elle est épuisée, dis-je ; c'est de la fatigue.

— Ce n'est pas naturel, Buck. Ce n'est pas un sommeil normal. Quand je prends sa main et que je la lâche, elle retombe comme une chiffe. Ce n'est pas le sommeil...

— Il faudrait peut-être faire revenir le médecin ?
— Téléphone-lui et dis-lui. Dis-lui qu'elle ne bouge pas, qu'elle reste là étendue, toujours dans la même position. Ce n'est pas naturel.
— Quel est le numéro ?
Elle me le donna et ajouta :
— Rappelle-moi tout de suite.
— Entendu.
Quand elle eut raccroché, j'agitai le crochet de l'appareil jusqu'à ce que la téléphoniste m'eût répondu ; elle me donna le numéro. Le docteur vint à l'appareil et je le mis au courant.
— Qu'est-ce que vous en pensez ? lui demandai-je.
— Vous devriez voir un spécialiste.
— Qui dois-je appeler ? Je n'en connais aucun.
— Vous n'avez pas besoin de l'appeler. D'abord il ne viendrait pas. Il faut que ce soit un médecin qui le fasse venir. D'habitude, c'est à Sheffler que je m'adresse.
— Pouvez-vous le faire venir tout de suite ?
— Je pense que oui.
— Alors, faites.
— Dans combien de temps pourrez-vous être chez vous ?
— Dans trois quarts d'heure, environ.
— Vers les quatre heures, c'est-à-dire ?
— Oui.
— Soyez-y.
Je me levai, pris mon chapeau et me dirigeai vers la porte, mais, au moment de sortir, je me souvins

que Beth m'avait demandé de lui téléphoner. Je pris l'appareil et lui dis :

— Je rentre immédiatement. Le spécialiste sera là dans un instant.

— Le spécialiste ?

— Ne t'effraie pas. J'ai pensé qu'il valait mieux faire venir un spécialiste pour enfants.

— C'est bon, fit-elle.

Je raccrochai et descendis l'escalier. Un taxi passait ; je le hélai. Il arriva à toute allure et ses freins grincèrent le long du trottoir. Je lui donnai l'adresse.

— Et foncez ! Ne vous occupez pas des signaux ; je suis l'inspecteur Saliotte.

Je montai et claquai la portière, et le taxi démarra d'une secousse. Je me courbai en avant.

Tout le long de la route, quelque chose me harcelait et répétait : « Plus vite, bon Dieu, plus vite. File, nom de Dieu, file. Démolis-le, ce salaud-là, fous-le en l'air, qu'il nous laisse passer. »

Nous fûmes arrêtés plusieurs fois dans les encombrements. Comme nous approchions d'une entrée de métro, j'ouvris la portière et descendis ; le chauffeur se retourna.

— Je descends ici, dis-je, en lui tendant un billet, et je m'éloignai vivement.

Je descendis l'escalier. Une rame arrivait ; j'y montai. Je me tins debout dans le wagon. Secousse, démarrage, arrêt et secousse encore. Le temps était une chose terrible, indéfinie. « Petite mère... petite gosse... Si le mec qui est assis là n'arrête pas de se curer le nez, je vais le tuer. Le tuer, tuer ce nom de Dieu de salaud ! » De rage, je tapais du pied sur le plancher. « Tape, tape, petite maman, petite gosse. Tape, tape... »

Enfin, la rame entra en gare. Je grimpai l'escalier ; l'air frais me fit du bien. En toute hâte, je me dirigeai vers la maison.

Quand j'ouvris la porte, Beth cria :

— Qui est là ?

— C'est moi, Buck, dis-je et je suivis le vestibule jusqu'à la chambre.

Elle était dans le berceau. Ses lèvres avaient pris une légère teinte bleuâtre et son visage était tout blanc. Je la soulevai pour la mettre sur le lit et je me mis à frictionner ses jambes, pensant que cela la stimulerait.

— Papa est là, ma chérie, dit Beth. Regarde, papa est là.

Elle ouvrit les yeux, sourit, et referma les paupières.

— Buck, Buck ! C'est la première fois qu'elle sourit aujourd'hui.

— Ce n'est rien, dis-je, sans cesser de lui frictionner les pieds ; elle est simplement épuisée.

On sonna.

— Ce sont les médecins, sûrement, dis-je.

Beth alla ouvrir et revint accompagnée d'un petit bonhomme sale et mal rasé.

— Arrêtez, fit-il en entrant. Laissez l'enfant tranquille.

J'obéis.

— Est-ce que le docteur Shuster est arrivé ? interrogea-t-il.

— Non, répondis-je.

Le spécialiste s'approcha du lit et se pencha sur le bébé.

— Alors, que se passe-t-il ?

Je lui énumérai les symptômes depuis le début.

— Et maintenant, elle reste là, étendue sans bouger fit Beth. Ce n'est pas un sommeil normal, n'est-ce pas, docteur ?

Le docteur Sheffler se pencha sur l'enfant ; il l'assit, la fit se pencher en avant à plusieurs reprises et lui gratta la plante des pieds ; il lui tâta le crâne, puis il prit une petite lampe de poche et projeta un faisceau lumineux, et ses périphériques ne réagirent pas beaucoup durant plusieurs minutes, ensuite il prit ses pieds dans ses mains et les abaissa plusieurs fois de suite. À ce moment, le docteur Shuster entra ; il avait trouvé la porte ouverte.

— Hello ! docteur.
— Hello ! docteur.
— Comment allez-vous, docteur ?
— Très bien, et vous-même ?
— Très bien. Vous avez examiné le bébé ?
— Oui. Je l'ai examinée. Quel était votre diagnostic ? Vous êtes venu ce matin, n'est-ce pas ?
— C'était encore trop tôt pour pouvoir juger. Ça me paraissait être de l'acidose.
— Très juste, très juste. Tous les symptômes y sont. Et pourtant... il se pourrait bien que ce fût de l'inflammation cérébrale. Elle ne réagit pas très

bien à la lumière et ses périphériques ne réagissent pas beaucoup non plus. La seule chose qui me porte à croire qu'il ne s'agit pas de cela est l'absence d'inflammation à la fontanelle. À propos, comment se fait-il que la fontanelle soit encore aussi ouverte à son âge ? Vous lui avez donné du Viosterol ? Très bien. Elle est souple. Avez-vous fait examiner ses urines ?

— Je l'ai conseillé ce matin à Mme Saliotte, mais elle n'a pas encore pu en obtenir.

— Et pourquoi, madame ?

— Chaque fois qu'elle urine, elle remue le ventre, répondit Beth.

— Il faut que vous réussissiez. C'est le seul moyen que nous ayons d'être fixés. Il faut essayer. Mettez-la sur le bassin tous les quarts d'heure, s'il le faut.

Les deux praticiens échangèrent un coup d'œil et s'en allèrent dans le salon.

— Buck, va avec eux écouter ce qu'ils disent.

J'entrai dans le salon. Ils avaient pris place sur le sofa ; je m'assis en face d'eux.

— Est-ce grave ? demandai-je.

— Très grave, répondit le docteur Sheffler. Bien entendu, l'inflammation cérébrale est la plus grave des deux.

— Faites examiner ses urines, pour confirmer le diagnostic. Dites qu'on recherche plus spécialement l'acide isobutyrique, l'acide diacétique et l'acétone.

— Tenez, voilà une pharmacie qui est ouverte la

nuit, dit le docteur Shuster en tirant un carnet de sa poche. (Il inscrivit une adresse.) Dites-leur de m'envoyer l'analyse ; je me tiendrai en rapport avec le docteur Sheffler.

— ... Feriez bien d'écrire tous ces noms, sinon je ne me les rappellerai jamais, dis-je.

Il fit ce que je lui demandais et me tendit le papier.

— Il vous faut aussi une infirmière jour et nuit, reprit Sheffler. Téléphonez au bureau de placement des infirmières. (Il se tourna vers le docteur Shuster.) Donnez-lui le nom de celle que vous utilisez habituellement, et dites-lui d'apporter un goutte-à-goutte Murphy. Il faut la nourrir toutes les trois heures. Inscrivez, docteur : une cuillerée de bicarbonate de soude et une cuillerée de glucose par litre ; et ceci, également.

Il dicta une ordonnance.

— Et demandez bien de l'élixir de diazyme ; quelquefois ils vous donnent de la peptenzyme à la place.

Ils me donnèrent l'ordonnance et le numéro de téléphone du bureau de placement.

— Voulez-vous dire à votre femme de venir ?

Je l'appelai ; elle entra.

— Madame, dit le docteur Sheffler, il faut que la petite prenne de la nourriture.

— Elle rend tout. Et d'ailleurs, elle ne veut rien prendre en ce moment.

— Il faut qu'elle avale quelque chose ; donnez-lui un peu de malt dans de l'eau. Pas de lait, pas de matières grasses. Donnez-lui un biscuit sec. Un petit peu à la fois.

— Dites à l'infirmière de me téléphoner, fit le docteur Shuster. Je lui parlerai. Elle s'occupera de cela.

— C'est juste, c'est juste. Et dites-lui aussi de lui donner un bain chaud et de l'envelopper dans des couvertures après le bain, dit le spécialiste.

— Malgré sa fièvre ? demanda Beth.

— Oui. Fermez bien les fenêtres. Et n'oubliez pas de la faire uriner.

— Je le ferai, docteur.

Ils se levèrent et décrochèrent leurs chapeaux.

— C'est combien ? demandai-je.

Le spécialiste eut l'air gêné ; le docteur Shuster me dit ce que je devais. Je les payai. Ils enfilèrent le corridor et je les suivis.

Devant la porte, je demandai :

— Docteur, pourquoi reste-t-elle ainsi couchée ? Ce n'est pas un sommeil naturel.

— Elle est intoxiquée ; c'est pourquoi je veux qu'elle prenne un bain chaud. Elle se débarrassera d'une partie des poisons par la transpiration. N'oubliez pas de faire examiner son urine. Au revoir.

— Au revoir, fit le docteur Shuster. N'oubliez pas de dire à l'infirmière de me téléphoner.

Quand ils furent partis, je refermai la porte et rentrai dans le salon.

— Qu'est-ce qu'ils ont dit, Buck ?

— Troubles intestinaux. Pas de quoi s'effrayer.

Je sors faire exécuter l'ordonnance. Où est mon imperméable ? Il pleut dur.

Elle prit l'imperméable dans le placard. Je l'enfilai.

— Essaye de la faire uriner. Je téléphonerai à l'infirmière, de la pharmacie.

— J'essaierai, Buck, dit-elle, en posant sa main sur mon bras et en me regardant d'un air anxieux. J'espère qu'elle ira bientôt mieux ; si seulement elle pouvait aller un peu mieux...

— Ce n'est que son intestin, Beth. Ça va s'arranger, tu verras.

Elle lâcha mon bras et dit :

— Alors, va. Fais-la faire tout de suite.

— N'aie crainte, dis-je, il la fera tout de suite.

Je sortis dans la rue. Il faisait noir et il pleuvait dur. Je baissai le bord de mon chapeau et un petit torrent ruissela devant ma figure.

À peu de distance, je vis les lumières rouges et vertes de la pharmacie se refléter sur le trottoir mouillé. J'entrai dans la boutique. Le commis était derrière le comptoir ; j'étais le seul client.

— Et donnez-moi du diazyme et pas du peptenzyme, dis-je en lui tendant l'ordonnance ; j'en ai besoin tout de suite.

— Ça prendra à peu près cinq minutes, monsieur.

— Votre patron est là ?

— Non, monsieur.

— Vous êtes sûr de pouvoir le faire ?

Il sourit, fit un signe de tête affirmatif et se retira

dans l'arrière-boutique. De la cabine téléphonique, j'appelai le bureau de placement. Ils envoyaient une infirmière tout de suite, me fut-il répondu. Une autre demain matin ? Un goutte-à-goutte Murphy. Très bien. Merci. Je raccrochai et sortis de la cabine. Le pharmacien n'avait pas terminé et je dus attendre. Quand ce fut fini, j'achetai une livre de bicarbonate et une livre de glucose et je partis.

En rentrant à la maison, j'ôtai mon pardessus et mon chapeau et les mis à sécher à la cuisine ; Beth vint me retrouver et dit :

— Veux-tu téléphoner pour savoir si une once d'urine suffira ?

— Je ne le pense pas.

— Téléphone pour savoir. C'est tout ce que j'ai pu avoir.

Du laboratoire, on me répondit que c'était suffisant pour une analyse.

— Vas-y tout de suite, Buck.

— Est-ce que tu ne crois pas qu'on ferait mieux de mettre la petite dans le salon ? Elle aura plus d'air et ça sera plus facile pour l'infirmière.

— Je me demandais justement comment nous ferions.

Nous entrâmes dans la chambre. Je mis l'enfant sur le lit ; elle ne bougea pas.

— Pauvre chérie, fit Beth.

Je caressai doucement ses jambes et me penchai pour lui embrasser la main.

— Mets-la de l'autre côté du lit, de façon qu'elle ne reçoive pas la poussière du matelas, dis-je.

Beth la transporta. J'enlevai le matelas et le sommier et démontai le berceau pour le transporter dans le salon. Quand je l'eus remonté, Beth la recoucha.

J'allai à la cuisine mettre mon imperméable et je revins dans le salon ; Beth me donna la bouteille ; je la fourrai dans ma poche.

— J'attendrai, comme ça nous saurons.
— Si c'est de l'acidose ?
— Qu'est-ce que ça pourrait être d'autre !
— Ce n'est peut-être pas de l'acidose. C'est peut-être moins mauvais ; peut-être seulement un empoisonnement d'estomac.
— Mais... Qu'est-ce que c'est que l'acidose ?
— ... Trop de graisse. Je t'ai toujours dit de ne pas lui donner de beurre — ça ne fait rien, tu le sauras, maintenant. Je crois que je vais prendre le métro aérien.
— La voiture n'est pas encore réparée ?
— Non. Je les ai engueulés. Je vais prendre le métro aérien ; c'est le plus près.
— Tâche de rentrer vite.

## 19

Le laboratoire était situé au rez-de-chaussée d'une maison meublée. Ce fut une femme qui vint répondre à mon coup de sonnette ; elle me fit entrer.

— Je voudrais voir le pharmacien, dis-je.
— Il est occupé, me dit-elle.

Voudrais-je laisser l'échantillon ? Il ferait son rapport au médecin.

— Non, dis-je, le médecin m'a dit d'attendre le résultat.

Elle fit demi-tour et se dirigea vers une porte du fond. Peu après, un homme vêtu d'une blouse blanche fit son apparition. Il était complètement chauve et son crâne brillait à la lumière ; son visage était rose et luisant.

— Vous vouliez me voir ? (Il avait l'accent allemand.)
— Le docteur m'a dit d'attendre.
— Quel docteur ?
— Shuster, Louis Shuster.
— De la rue Washington ?

— En effet... oui... je crois... Il m'a chargé de vous recommander de rechercher l'acide isobutyrique, l'acide diacétique et l'acétone.

— Oui, oui, fit-il. Il m'a téléphoné.

Le pharmacien se dirigea vers la porte du fond.

— Entrez. Entrez, me dit-il.

Je le suivis. Il y avait là une tablette très longue et couverte d'instruments en verre.

— Asseyez-vous.

Je m'assis.

— Le nom du malade ? Adresse ? Âge ? Quelle bêtise...

On ne trouve jamais d'acide diacétique ni d'acide isobutyrique chez les enfants. Mâle ou femelle ?

Il écrivit rapidement, puis il versa une partie de l'urine dans un étroit tube de verre qu'il enferma ensuite dans une espèce de four. Il tourna un commutateur et le moteur commença à ronfler.

Je le regardais travailler. Couleurs : vert, rouge, pourpre ; goutte, goutte. « S'il vous plaît, l'acide isobutyrique et l'acide diacétique. » Goutte, goutte et des notes s'inscrivaient sur son calepin. Il arrêta le moteur, retira le tube et l'examina. Ensuite, il s'approcha de la table auprès de laquelle je me trouvais, fit glisser une tablette de verre sous le microscope qui s'y trouvait et regarda. Lorsqu'il eut terminé, il se dirigea vers un petit bureau ; je me levai.

Il écrivit, plia la feuille de papier et la glissa dans une enveloppe. Je m'approchai et lui demandai combien. Il me dit le prix ; je le payai.

— Vous téléphonerez au médecin ?

— Naturellement. Il n'y a pas d'acide isobutyrique ni d'acide diacétique. Les enfants n'en ont jamais. Il y a de la pyélite.

— Qu'est-ce que c'est ?

— C'est quelque chose qui précède ou qui vient après une maladie contagieuse.

— Entre l'acidose et l'inflammation cérébrale, que pensez-vous que l'urine décèle ?

— Une inflammation cérébrale.

Je restai un instant sans bouger, puis je le regardai. Ensuite, je lui dis : « Merci », et m'en allai.

Il pleuvait fort. Je me penchai en arrière de façon à laisser la pluie m'inonder le visage. Pluie, orage, s'enfoncer, se noyer et mourir.

Beth vint à ma rencontre dans le vestibule et lorsqu'elle vit l'expression de mon visage, elle s'exclama :

— Buck, qu'y a-t-il ? Qu'y a-t-il ?

— Rien. Je suis mouillé et j'ai froid. Il fait tellement mauvais dehors. L'infirmière est là ?

— Oui. Nous avons donné un bain chaud à la petite.

— Où est l'infirmière ?

— Dans la salle de bains. Il y a une demi-heure qu'elle fabrique je ne sais quoi avec ce goutte-à-goutte Murphy ; va voir si tu ne peux pas la presser un peu.

— A-t-elle téléphoné au médecin ?

— Oui.

Ôtant mon imperméable et mon chapeau, je les

donnai à Beth et entrai dans la salle de bains. L'infirmière se démenait avec le tuyau de caoutchouc.

— Qu'est-ce qu'il y a ?

— Vous avez téléphoné trop tard ; les magasins d'instruments de chirurgie étaient fermés, et la fermeture Hoffmann ne marche pas avec cet appareil. Je suis en train d'essayer celle-ci.

— Quelle genre de fermeture est-ce, une Hoffmann ?

— Ça s'adapte sur le tuyau de caoutchouc et ça ne laisse passer qu'une goutte à la fois. J'essaie de la fixer.

— Laissez-moi, je vais le faire.

Je manipulai l'instrument, mais chaque fois que j'arrivais à le fixer, ou bien il arrêtait complètement l'eau, ou bien il laissait passer un jet. Finalement, je l'attachai au moyen d'une ficelle et il marcha à la perfection.

L'infirmière l'emporta dans la cuisine ; je la suivis. Elle me regarda et sourit.

— Ça ne vous dérange pas ? dis-je. Ça me fait du bien de faire quelque chose.

— Non, ça ne me dérange pas.

Elle alluma le gaz sous la casserole que Beth venait de lui donner.

Beth prit une chaise et nous regarda. Plusieurs draps mouillés jonchaient le sol.

Quand l'eau se mit à bouillir, l'infirmière versa une cuillerée de bicarbonate et une cuillerée de glucose et agita le mélange, jusqu'à ce que le tout se fût dissous. Ensuite elle tint le bock à deux mains et dit :

— Versez-en dedans. Pas tout. Comme ça coule très lentement, ça refroidit vite. En laissant une partie sur le feu, on peut réchauffer le reste en le mélangeant au fur et à mesure.

J'en versai une petite quantité dans le bock et elle l'emporta dans le salon.

— Ils sont tout mouillés, dit Beth. Regarde ces draps ; il y en a cinq. Ce n'était pas la peine ; ils sont tout mouillés.

— Qu'est-ce que ça peut faire ? dis-je. Tu les donneras au blanchissage.

L'infirmière revint avec l'appareil.

— À quoi peut-on accrocher ça ? demanda-t-elle.

Je l'accompagnai dans le salon.

— Si on essayait la lampe de bridge ? Vous n'avez qu'à passer un bout de ficelle dans ce trou et l'accrocher.

À l'aide d'un bout de ficelle, je fixai l'appareil à la lampe et plaçai le tout sur un tabouret près du berceau.

— Ça va comme ça ?

— Très bien, dit-elle en enduisant le tuyau de vaseline.

Elle enfonça la canule, l'enfant ne bougea pas.

— Ouvrez le robinet. Très bien. Pincez-le un peu, ça va trop vite.

Quand j'eus pincé la fermeture, le jet se ralentit.

Je fis le tour du berceau et m'agenouillai de

l'autre côté, prenant la main de l'enfant dans la mienne.

— Pourquoi n'allez-vous pas vous coucher, tous les deux ? proposa l'infirmière.

Nous étions assis dans le salon, l'infirmière et moi sur le divan et Beth sur une chaise.

— Vas-y, Beth, dis-je. Tu as sommeil, moi pas.

— Je crois que je vais y aller. Je suis fatiguée. Tu n'es pas fatigué, Buck ?

— Non. Je reste pour aider. Alors, va.

— Allez-y, vous aussi. Je peux faire toute seule. Vous êtes fatigué aussi, dit l'infirmière.

— Non, je reste. Va, Beth.

Elle se leva et s'en alla dans la chambre et nous entendîmes chacun des mouvements qu'elle fit pour se déshabiller ; le sommier grinça lorsqu'elle se mit au lit.

Nous restâmes assis là, l'infirmière et moi, dans la pénombre ; la lampe de bridge était seule allumée. L'enfant formait une tache plus sombre dans le berceau ; le tic tac de la pendule posée sur le piano martelait le silence. Cela dura très longtemps : trois longues heures. Ensuite, l'infirmière alla dans la cuisine préparer une autre injection. Je tins l'appareil pendant qu'elle versait ; puis elle le suspendit à la lampe. Elle inséra la canule ; j'ouvris le robinet, pinçai la fermeture et l'eau s'écoula lentement.

— Allez me chercher une cuvette ; elle renvoie tout ; ça sort. Vite... là, la cuvette est sous le berceau.

Ramassant la cuvette de porcelaine, je la lui passai. Elle détacha la canule et des matières verdâtres coulèrent dans la cuvette ; elle fixa de nouveau la canule et recommença la même opération plusieurs fois de suite.

— Elle ne retient rien, dit-elle. Mais au moins, elle se débarrasse d'une partie des saletés qu'elle a dans le corps.

— N'est-ce pas à cela que ça sert ?

— Non ; un goutte-à-goutte sert à alimenter ; lorsqu'un malade est incapable de rien garder dans l'estomac, on le nourrit de cette façon.

— Je croyais que c'était un lavement.

— Non, mais ça ne peut pas lui faire de mal de se débarrasser d'un peu de poison de cette manière.

Bientôt, après avoir rempli une dernière fois le récipient, ce fut terminé. L'infirmière emporta l'appareil dans la cuisine et le posa sur l'évier ; j'entendis le choc du verre contre la pierre. Elle revint et dit :

— Ne croyez-vous pas qu'il serait temps d'aller vous coucher ?

— Je vais y aller, répondis-je. Je suis fatigué. Réveillez-moi si vous avez besoin de moi. Vous n'aurez qu'à entrer et m'appeler. J'ai le sommeil léger. Vous m'appellerez ?

— Oui.

— Au cas où il ne ferait pas assez chaud, vous trouverez un radiateur électrique dans ce placard. N'ayez pas peur de m'appeler.

J'entrai dans la chambre, me déshabillai et me couchai. Je ne pouvais pas dormir. Je me forçais à penser pour écarter certaines idées, et cela me tint éveillé. J'entendis les allées et venues de l'infirmière, et finalement, elles s'éloignèrent de plus en plus et la dernière chose dont j'eus conscience fut le choc du verre contre le métal. Et je rêvai que le bébé avait grandi et était devenue une femme aux jambes fines et aux seins ronds.

— Monsieur Saliotte, monsieur Saliotte, levez-vous ! Je me réveillai et sautai hors du lit. J'étais trempé de sueur et le courant d'air venant de la fenêtre me fit frissonner.

— Quoi ? Quoi ?

Nous passâmes vivement au salon.

— Qu'est-ce qu'il y a ?

— Son pouls est très bas et elle respire à peine.

— Appelez le médecin.

— Je l'ai fait. Il est allé à une réunion. Ils m'ont promis de lui transmettre mon message.

— Une réunion de médecins, à cette heure-ci ?

— C'est généralement la nuit qu'elles ont lieu...

— Quoi faire ?

— On ne peut rien faire.

— Qu'est-ce que vous racontez ? Qu'est-ce que vous racontez là, nom de Dieu ! Rien ? Faites quelque chose ! Appelez un autre médecin. Tenez, frictionnez-lui les bras, moi je frictionnerai ses pieds ; ça fera battre son pouls.

L'infirmière me regarda, puis se retourna et dit :

— Très bien.

Elle se mit à frotter les mains de l'enfant tandis que je frictionnais ses pieds. « Oh Dieu ! ayez un peu de cœur, bon Dieu ! Laissez-moi une chance, quoi ! Prenez tout ; c'est seulement pour cette petite chose-là que je vous demande ça. Qu'est-ce qu'une petite chose comme celle-là pour vous, qui avez le monde entier. Je vous revaudrai ça. Petite mère, petite gosse... réveille-toi et regarde-moi. Cœur de mon cœur ! Bon Dieu, vous me déchirez le cœur... »

— Cessez de la frictionner, monsieur, cessez.

— Frictionnez-la, nom de Dieu, frictionnez-la.

— C'est fini, dit-elle, et elle se releva et se dirigea vers la cuisine.

Je restai debout, maintenant toujours le pied de l'enfant ; puis je le laissai retomber et me mis à genoux, mon front appuyé contre sa petite main. L'infirmière revint.

— Rentrez chez vous, maintenant. Revenez demain pour votre paye et le reste, mais partez, maintenant. Je ne veux plus vous voir.

— Faut que j'attende le docteur.

— Allez-vous-en !

Elle prit dans le placard son manteau et son chapeau et se prépara à sortir.

— Voulez-vous que j'appelle votre femme ?

— Non, laissez-la dormir.

— Je suis navrée, dit-elle.

— Allez-vous-en !

— Vous feriez bien de replier ses bras sur sa poitrine sinon vous serez obligé de les casser, dit-elle en s'en allant.

297

La porte se referma.

« Petite mère. Quelle vacherie ! Elle n'a même pas eu la plus petite chance de vivre. Petite mère. Oh ! Dieu ! Notre père — à la gare tous ces bobards ! Espèce d'assassin... bandit — non, non, je ne voulais pas dire ça. Soyez aussi gentil avec elle que je l'ai été, que je l'aurais été. Soyez bon pour elle, là où elle est. »

Je restai un bon moment agenouillé ainsi, et sa main commença à se refroidir. L'aube se leva et le jour entra dans la chambre, un jour gris et froid.

« Il faut que j'arrange ses bras, maintenant. Les casser ! Bon Dieu, casser ces bras ! »

Les bras étaient légèrement raidis, mais ils plièrent tout de même.

Je me levai. « Il est temps que je le dise à ta mère, maintenant. »

Beth dormait, la tête haute sur l'oreiller, la bouche entrouverte. Je la poussai légèrement à l'épaule et elle remua, ouvrit les yeux et me regarda. Je fis ce que je pus pour m'empêcher de vaciller, mais sans succès.

Quand elle me vit, son visage se décolora ; elle porta une main à son sein et serra avec tant de force que la chair se boursoufla entre ses doigts. Elle demanda :

— Qu'y a-t-il ? et sa voix était rauque.

— La petite... répondis-je.

Elle se détourna et resta un instant immobile, puis sortit lentement des draps, sa chemise de nuit s'accrochant à un des montants du lit et découvrant des jambes fines et blanches et, à l'heure de la mort de l'enfant, je revécus le moment de sa naissance et vis deux jambes blanches attachées aux pieds de la table d'accouchement, et contractées par la douleur.

Je fis un mouvement pour la suivre, mais du fond de sa gorge vinrent ces mots :

— Je t'en prie, Buck.

Et elle s'en alla dans le salon. J'entendis un bruit métallique provenant du berceau, puis elle éclata, et ce fut si terrible que j'entrai, mais quand je la vis assise par terre, tapant à coups de poing sur le berceau au rythme de son tourment intérieur, je gagnai la fenêtre ; elle ne leva pas les yeux lorsque je passai devant elle.

Les gémissements s'atténuèrent peu à peu et se transformèrent en une plainte douce et ininterrompue ; ensuite, elle se mit à parler, d'une voix entrecoupée de sanglots. L'enfant naquit une seconde fois et de nouveau elle passa par toutes les douleurs de l'enfantement ; elle la vit pousser et bientôt l'enfant appela sa mère, et commença à marcher et à tomber, et elle l'embrassait là où elle avait mal, la serrait dans ses bras et sentait ses lèvres humides et douces, sa petite bouche souriante contre sa joue... et ensuite elle mourut — Oh ! Dieu ! — et ensuite elle mourut...

— Voilà ce que nous avons récolté, Buck.

À ces mots, ma tête partit en avant et heurta le cadre de la fenêtre ; je n'avais rien senti.

L'idiot qui faisait de la T. S. F. tous les matins avait dû tourner le bouton ; un orchestre de jazz se fit entendre. Du jazz, des pleurs et la mort ; voilà ce que c'était : du jazz, des pleurs et la mort.

Un porteur de journaux passa dans la rue, criant :

— Édition spéciale, demandez l'édition spéciale, le commissaire démissionne !

Sa voix s'enflait à mesure qu'il approchait, puis elle s'éteignit peu à peu dans le lointain et l'on n'entendit plus que les gémissements de Beth mêlés aux accords de jazz.

## DU MÊME AUTEUR

*Aux Éditions Gallimard*

*Dans la collection Série Noire*

À NOS AMOURS, *n° 73*, 1951 (Folio Policier *n° 316*).
BATAILLE DE COQS, *n° 1178*, 1968.